Helmut Exner

DAS BÖSE ÜBER DER KLEINEN STADT

ÜBER DIESES BUCH

Dies ist das elfte Buch des Autors, das überwiegend im Harz spielt, und es ist das zehnte Buch, in dem Lilly Höschen, die schrullige alte Dame, eine tragende Rolle innehat. Im Gegensatz zu den bisherigen Geschichten steht hier kein Kriminalfall im Vordergrund. Den gibt es zwar auch, aber hier ist es vor allem das Unheimliche, das Mystische, was die Geschichte vorantreibt. Das Haus, von dem hier die Rede ist, gibt es tatsächlich, den Ort der Ereignisse natürlich auch. Die Handlung und die Personen sind erfunden, es sei denn, der Leser erkennt den Autor in dieser Erzählung, der in diesem Haus geboren wurde. Vielleicht ist auch schon mal jemand einem geisterhaften Mädchen namens Borghild begegnet?

für
Jacki und Jens

Bibliografische Information der Deutschen Nationalbibliothek
Die Deutsche Nationalbibliothek verzeichnet diese Publikation in der Deutschen Nationalbibliografie; detaillierte bibliografische Daten sind im Internet über **http://dnb.d-nb.de** abrufbar.

Das Böse über der kleinen Stadt

ISBN 978-3-943403-55-8

Dieser Titel ist auch als eBook erhältlich
in den Formaten ePub und Mobi (Kindle).

Umschlagfoto © Lario Tus/shutterstock.com (# 208038862)
Autorenfoto © Ania Schulz (www.as-fotografie.de)
Foto Lautenthal © Wilhelm Rautmann

Lektorat & Korrektorat:
Claudia Junger & Carmen Weinand
www.scriptmanufaktur.de

Satz, Covergestaltung & Produktionsleitung:
Sascha Exner

Verlag, Druck & Verarbeitung:
EPV Elektronik-Praktiker-Verlagsgesellschaft mbH
Postfach 1163, D-37104 Duderstadt

www.helmutexner.de

KAPITEL 1

Es gibt alte Häuser, die Geschichten erzählen. Man muss nur hinhören. Das Haus, in dem ich geboren wurde, war schon ein paar Hundert Jahre alt. Mehrere Generationen meiner Familie haben dort gelebt. Und vor ihnen etliche Generationen anderer Familien. Im 16. Jahrhundert wurde dieses Haus als Gerichtsgebäude gebaut. Aus heutiger Sicht erstaunlich, dass so ein kleines Städtchen vor Jahrhunderten schon ein eigenes Gericht hatte. Später wurde es zu einem Wohnhaus umfunktioniert. Bis zu dreizehn Familien lebten dort gleichzeitig vom Hochparterre über den 1. und 2. Stock bis zum Dachgeschoss. Es gab einen großen Eingangsbereich. Wenn jemand aus dem Haus starb, wurde der Leichnam bis zur Beerdigung dort auf dem Flur aufgebahrt. Die Kinder wurden dann angehalten, leise und respektvoll am Sarg vorbeizugehen, um die Würde des Verstorbenen zu achten. Das hat leider nicht immer funktioniert. Als meine Großmutter ein junges Mädchen war und einmal spät nach Hause kam, wollte sie sich in der Dunkelheit die zwei Stockwerke nach oben schleichen. An den dort aufgebahrten Toten hatte sie nicht gedacht. Und da passierte es, dass sie stolperte und den Sarg umstieß, sodass der Leichnam herauskullerte. Zutiefst erschrocken rannte sie die zwei Treppen hoch, um ihre Mutter zu holen, mit deren Hilfe sie den Toten wieder bettete. Danach gab es dann das übliche Donnerwetter, welches allerdings relativ leise ausfallen musste, um die anderen Bewohner nicht zu stören.

Die Holztreppen waren breit und ausgetreten. Jede Stufe knarzte auf ihre eigene Art. Es gab auf jeder Ebene verschiedene dunkle Winkel, die einem unheimlich waren. Und nur im 1. Stock drang etwas Tageslicht durch ein Fenster auf den Flur. Badezimmer und Toiletten wurden erst in den sechziger Jahren des 20. Jahrhunderts eingebaut. Bis dahin gab es im unbeleuchteten Hof nur zwei Plumpsklos. Alle Kinder hatten Angst, diese Örtlichkeit bei Dunkelheit aufzusuchen.

Es gab große und kleine Wohnungen, und keine war wie die andere. Alles war verschachtelt. Geheizt wurde mit Holz- und Kohleöfen. Nicht auszudenken, wenn dieses Haus, das überwiegend aus Holz bestand, einmal gebrannt hätte.

Wer nach vorn heraus wohnte, hatte einen Blick über den abschüssigen Marktplatz. Damals war dort immer etwas los. Es gab viele Geschäfte. Und Leute, die nichts zu tun hatten, saßen stundenlang auf ihrem Thron, einer Erhöhung des Fußbodens, und schauten aus dem Fenster. Dabei wurde gern kommentiert, wer schon wieder in welchem Laden eingekauft hatte oder zum Frisör ging. Wer nach hinten heraus wohnte, konnte zwar nicht mitreden, was in dem Städtchen alles passierte, wurde aber mit einem herrlichen Blick auf den Schulberg entschädigt und hatte ansonsten seine Ruhe.

Ein kleiner Anbau vorn am Haus beherbergte einen Gemüseladen. Hinten auf dem Hof befand sich das Lager einer Kohlenhandlung. Am anderen Ende des Hofes gab es einen großen Hühnerstall mit Freigehege. Und jede Familie hatte einen Stall, um Brennholz zu lagern. Hinter dem

Hof schlängelte sich ein großer Garten den Berg hinauf. Die meisten Familien hatten dort eine Fläche, um Gemüse anzubauen. Außerdem gab es eine kühle Grotte, wo man an heißen Tagen sitzen konnte, eine Laube aus Blattwerk und ganz oben eine große Wiese.

Das Geheimnisvollste an dem Haus war der Keller, dessen Tür immer abgeschlossen war. Eine sehr steile, enge Treppe führte dort hinunter. Während meiner Kindheit wurden dort Vorräte gelagert. Dieser Keller lag sehr tief und hatte keine Fenster. In der alten Zeit hatte man dort wohl Gefangene, die auf ihren Prozess warteten, untergebracht. Es war unheimlich dort. Zusammen mit Vater oder Mutter hatte man dort ein angenehmes Schaudergefühl. Allein wäre kaum ein Kind dort hinuntergegangen.

Von außen machte das Haus früher einen imposanten Eindruck. Das war wohl auch so geplant gewesen, denn als Gerichtsgebäude sollte es den Menschen sicherlich eine gewisse Ehrfurcht einflößen. Hinzu kam die exponierte Lage an der höchsten Stelle des großen Marktplatzes. Ein paar Stufen führten zu einem kleinen Vorplatz und weitere Stufen zur Haustür. Als ich noch ein Kind war, stellten sich einige Bewohner des Hauses einen Stuhl nach draußen, wenn etwas los war. Man saß dann auf dem Vorplatz wie auf einem Podest, um zuzuhören, wenn der Ausrufer seine öffentlichen Bekanntmachungen herausbrüllte oder wenn ein Umzug mit Musik und Tamtam stattfand. Es gab auch Veranstaltungen auf dem Markt. Manchmal spielte eine Blaskapelle. Einmal war eine Artistengruppe da. Man hatte ein Drahtseil gespannt und jemand fuhr mit einem Motorrad darauf. Das war in den fünfziger Jahren.

Es gibt alte Gemälde aus unterschiedlichen Zeiten, die den Marktplatz und das Haus zeigen. Und seit der Erfindung der Fotografie existieren natürlich viele Bilder und auch Ansichtspostkarten. Egal, aus welcher Zeit ein Gemälde, eine Zeichnung oder ein Foto stammt: Dieses Haus erkennt man stets auf den ersten Blick.

Es kursieren viele Geschichten und Erinnerungen über das, was sich in diesem Haus abgespielt hat. Schicksalsschläge, freudige Anlässe, tragische Ereignisse. Das ist normal für ein Haus, in dem Menschen leben, wo geboren und gestorben wird. Das meiste hiervon ist jedoch spätestens nach wenigen Generationen vergessen. Jedes Mal, wenn ein Mensch ins Grab sinkt, werden mit ihm auch Geschichten und Erinnerungen begraben. Das ist der Lauf der Zeit. Aber was passiert, wenn eine Erinnerung über den Tod hinaus weiterlebt? Weil sie so stark und zugleich schrecklich ist, dass sie unabhängig vom menschlichen Gehirn, in dem sie gespeichert sein muss, um zu existieren, trotzdem da ist? Das geht nicht, wird jeder rational denkende Mensch sagen. Und wenn doch? Dann geschieht das, was sich hier zugetragen hat.

KAPITEL 2

»Für deine fünfundneunzig Jahre hast du dich gut gehalten, Regine. Und dein Verstand ist klar wie eh und je.«

»Ach Lilly, es ist mir selbst ein Rätsel, wie ich so alt werden konnte. Wenn du wüsstest, was ich alles erlebt habe.«

»Regine, wir kennen uns jetzt über siebzig Jahre. Und immer mal wieder machst du irgendwelche geheimnisvollen Andeutungen, was du Schreckliches mitgemacht hast. Warum sagst du nicht einfach, was dich bedrückt? Rede es dir doch endlich mal von der Seele. Danach fühlst du dich besser.«

»Wenn ich das erzähle, hältst du mich für verrückt. Außerdem habe ich schlichtweg Angst, dass etwas Furchtbares passieren könnte.«

»Liebe Regine, mich halten auch manche Leute für verrückt. Und es macht mir gar nichts aus. Außerdem, was du mir erzählst, ist so sicher wie eine Beichte. Nur, was ich nicht verstehe: Warum hast du Angst, dass etwas Furchtbares passieren könnte?«

»Ach, Lilly, es ist schon so viel geschehen, was einem kein Mensch glauben würde. Wenn man etwas verdrängt, lebt man zumindest in der Illusion, dass alles in Ordnung sei. Aber das stimmt natürlich nicht, das weiß ich.«

Lilly Höschen besuchte ihre alte Freundin Regine nicht oft. Das kam vielleicht zwei-, dreimal im Jahr vor. Heute hatte Regine Geburtstag. Fünfundneunzig! Kaum zu glauben. Lilly kam während des Krieges nach Lautenthal. Ihr Vater war gefallen und die Bombenangriffe auf die Großstadt Hannover wurden immer heftiger, sodass ihre Mutter mit ihr und ihrer Schwester zu ihrem Onkel in den Harz gezogen war. Kurz nach dem Krieg tauchte dann Regine auf. Sie war damals eine Frau von Mitte zwanzig, zehn Jahre älter als Lilly. Ihr Onkel Paul hatte sie als Haushaltshilfe und Köchin eingestellt. Er liebte einen gehobenen Lebensstil und konnte sich diesen auch leisten. Regine war ein Mädchen aus einfachen Verhältnissen. Sie hatte Köchin gelernt und beherrschte ihr Handwerk. Wie sie es schaffte, aus dem Wenigen, was es in der Nachkriegszeit gab, etwas Genussreiches zu zaubern, würde Lilly immer ein Rätsel sein. Darüber hinaus war der Haushalt in einem so tadellosen Zustand wie nie zuvor oder danach. Sie war bienenfleißig. Eine kleine, unscheinbare Frau, verschlossen und still, aber liebevoll und hilfsbereit. Von ihrer großen Familie war nur noch sie übrig geblieben. Der Vater, der im Bergwerk gearbeitet hatte, war Anfang der vierziger Jahre an Staublunge gestorben, die Mutter kurz darauf. Die zwei Brüder waren im Krieg gefallen, und ihre Schwestern waren inzwischen auch tot. Regine hatte kaum noch Kontakt zur Außenwelt.

Mit vierunddreißig verließ sie Lautenthal und heiratete einen älteren Mann in Schleswig-Holstein. Wie und wo sie ihn kennengelernt hatte, wusste niemand. Jedenfalls lebte sie dreißig Jahre mit ihm zusammen, hatte aber keine Kinder. Nach seinem Tod kam sie zurück nach Lautenthal und kaufte sich ein kleines Haus. Sie war in dem Ort ihres Mannes nie richtig heimisch geworden. Aber in ihrem

Geburtsort hatte sie auch niemanden mehr. Auch Lilly hatte kaum noch Familie und war zudem nie verheiratet gewesen. Aber ihr Leben war erfüllt. Einsamkeit kannte sie nicht. In ihrem Beruf als Studienrätin hatte sie mehr Kontakt zu Menschen gehabt, als ihr lieb war. Und seit ihrer Pensionierung vor zwanzig Jahren hatte sie einen kleinen Freundeskreis um sich geschart und darüber hinaus viele Bekannte. Im Gegensatz zu Regine war sie eher etwas extrovertiert und sagte immer deutlich hörbar ihre Meinung. Ob sie dabei jemandem auf die Füße trat, war ihr egal. Sie schreckte auch nicht davor zurück, die eine oder andere Beleidigung auszustoßen. Einmal hatte sie sogar vor Gericht gestanden, weil sie einen Mann in einen Brunnen geschubst hatte, dessen Benehmen sie nicht tolerieren konnte. Es gab Leute, die schnell die Straßenseite wechselten, um ihr nicht begegnen zu müssen. Ihre Schrullen hatten mit zunehmendem Alter jedenfalls nicht abgenommen. Aber wenn sie jemanden ins Herz geschlossen hatte, konnte sie ausgesprochen lieb und warmherzig sein. Und Regine gehörte zu diesem kleinen Kreis von Menschen, denen sie von Grund auf wohlgesonnen war. Da sie wusste, dass ihre Freundin keinen weiteren Besuch erwartete, hatte sie schon einmal Kaffee aufgesetzt und den mitgebrachten Kuchen in der Küche abgestellt.

»Lilly, du weißt doch, in welchem Haus ich aufgewachsen bin.«

»Natürlich, das Haus ist ja nicht zu übersehen. Es thront über dem Marktplatz und gehört zu den historisch bedeutsamen Bauwerken unseres kleinen Städtchens. Es muss schön gewesen sein, mitten im Ort mit Blick auf den damals noch sehr belebten Markt zu wohnen.«

»Ach, wenn du wüsstest. Was sich hinter den schönen Fassaden und den dicken Mauern so abgespielt hat, hat mit dem Äußeren nicht viel zu tun. In einem Haus kann auch etwas Böses wohnen. Da nutzen die schönste Wohnung und die herrlichste Aussicht nichts.«

»Na, so habe ich dich ja noch nie reden gehört, Regine. Willst du mir sagen, dass du in diesem Haus etwas Böses erlebt hast?«

»Nicht nur ich. Es ist dort im Laufe der Jahrhunderte vieles geschehen, worüber niemand ein Wort verliert. Die meisten wissen es ja auch gar nicht. Und die, die etwas wissen, oder besser gesagt, wussten, hatten meist Angst, darüber zu reden.«

»Regine, jetzt hole ich den Kaffee aus der Küche, packe den Kuchen aus, und dann erzählst du mir, was dir auf der Seele liegt.«

KAPITEL 3

Regine wurde 1920 als Letztes von fünf Kindern geboren. Ihre beiden Brüder waren acht und sechs Jahre älter als sie, die Schwestern vier und zwei Jahre. Die Familie stand sich gut. Der Vater war Steiger im Erzbergbau und hatte eine große Schar von Leuten unter sich. Das machte die Familie noch nicht wohlhabend, aber es floss doch einiges mehr in die Haushaltskasse als bei normalen Arbeitern. Die Mutter konnte es sich sogar leisten, alle zwei Wochen, wenn Waschtag war, eine Frau für die große Wäsche einzustellen. Und ein paar Tage später kam diese dann zum Bügeln. Natürlich hatten die Kinder mit anzupacken. Die Jungen mussten, als sie älter wurden, Holz aus dem Wald holen und es auf dem Hof sägen und hacken. Die Mädchen wurden in die Hausarbeit eingewiesen und lernten Kochen und Nähen. Die Familie konnte es sich erlauben, die Söhne Albert und Wilhelm auf die Mittelschule zu schicken. Neben Schulgeld, Büchern und ordentlicher Kleidung war auch die tägliche Bahnfahrt nach Clausthal-Zellerfeld zu bezahlen. Diese Investition in die Bildung der Jungen wurde durch tägliche Kontrolle der Leistungen durch den Vater begutachtet. Für den Fall des Versagens bei einer Klassenarbeit, schlechtes Betragen oder gar Schulschwänzen stand im Wohnzimmerschrank ein Stock, von dem er oft Gebrauch machte.

Für die Mädchen war keine höhere Bildung vorgesehen. Sie würden eines Tages sowieso heiraten. Also reichte es vollkommen, wenn sie lernten, einen Haushalt zu führen, und nach der Schule vielleicht Köchin oder Schneiderin wurden. Fertigkeiten dieser Art konnte man auch gut als Hausfrau und Mutter gebrauchen. Um die schulischen Belange der Töchter kümmerte sich der Vater nicht weiter. Das ersparte ihnen den Stress, den die Jungen täglich durchzumachen hatten. Außerdem hatte die Mutter ihrem Mann strikt verboten, die Mädchen zu schlagen und sich damit auch durchgesetzt. Sie war eine willensstarke Frau und sich durchaus bewusst, dass sie etwas eigen war in ihren Ansichten. Heute würde man sagen: Sie war emanzipiert. Wenn dem Vater die Zänkereien der Töchter allerdings zu viel wurden, eine von ihnen das Essen versalzen hatte oder eine patzige Antwort gab, dann sperrte er die Übeltäterin in den Keller. Das war eine ungeheure Strafe. Jedes Kind fürchtete sich dort. Es gab in dem tiefen Keller noch einen Nebenraum, der in früheren Zeiten wohl mal als Kerker gedient hatte. Dort gab es weder Licht noch irgendeine Art von Möblierung. Man musste auf dem nackten Lehmboden stehen oder sich hinkauern, wenn man sich nicht mehr auf den Beinen halten konnte. Außerdem war es dort immer kalt, auch im Sommer. Und es roch so muffig, als ob dort Leichen vergraben gewesen wären. Der Vater war erbarmungslos, wenn es darum ging, die Kinder zur Räson zu bringen. Heulen oder Schreien hörte man oben ohnehin nicht.

Die Familie bewohnte eine große, helle Wohnung im zweiten Stock. Den Luxus eines Badezimmers kannte man dort noch lange nicht. Samstags wurde eine große Zinkwanne in die Küche gestellt, und das Badewasser musste auf dem Herd erhitzt werden. Auf dem Hof befanden sich zwei Plumpsklos.

Ihren ersten Aufenthalt im Keller würde Regine nie vergessen. Sie war fünf Jahre alt und hatte eine Antwort gegeben, die sie selbst für witzig hielt, nicht aber die Eltern. Im Gegensatz zu ihren Schwestern, die immer ein Riesentheater machten, wenn sie im Keller eingesperrt wurden, sagte Regine kein Wort. Sie war einfach nur gespannt, was jetzt passieren würde. Als die Tür hinter ihr ins Schloss fiel und absolute Dunkelheit sie umgab, stand sie nur da und lauschte. Die Stille war so erdrückend, dass Regine Stimmen zu hören glaubte. Sie war in einer völlig anderen Welt. Und es gab für sie keinen Grund, Angst zu haben. Sie hatte keine Ahnung, wie lange man sie da unten im Keller gelassen hatte. Als der Vater die Tür öffnete, war er ganz erstaunt, dass sie offenbar nicht geheult oder geschrien hatte.

An einem Samstagnachmittag im Herbst kamen die Brüder ziemlich bedrückt von der Schule nach Hause. Eigentlich hätten sie sich freuen müssen, da nun die Herbstferien begannen. Aber heute war eben auch der Tag, an dem es die Herbstzeugnisse gegeben hatte. Und der Vater wartete darauf, dass seine Söhne ihm diese vorlegten. Regine konnte das Unheil, das nun kommen würde, an den Gesichtern der Brüder ablesen. Als sich der Vater mit ihnen in das Wohnzimmer zurückzog und die Tür zumachte, war es für einen Moment still, dann gab es einen kurzen Wortwechsel. Als Regine hörte, wie sich die Schranktür öffnete, war alles klar. Zunächst fing der jüngere der Brüder, Albert, zu schreien an. Kurz danach war Wilhelm an der Reihe. Als dieser gar nicht mehr aufhörte, aus Leibeskräften unter den Schlägen des Vaters zu brüllen, öffnete die Mutter schließlich die Tür und sagte, es sei genug. Regine war ganz aufgelöst. So hatte sie ihren großen Bruder noch nie erlebt. Sie musste etwas tun, da der Vater nicht aufhörte, auf den Bruder einzuschlagen. Also lief sie auf Wilhelm zu, der über eine Sessellehne gebeugt lag, und bedeckte mit ihrem Körper schützend das Hinterteil des Bruders. Der Vater ließ den Stock fallen, schnappte Regine und zerrte sie in den Keller. Auf dem ganzen Weg, die drei Treppen hinunter und über die großen Flure sagte er kein Wort. Er schloss ab, und Regine stand in der Finsternis.

Nach einiger Zeit hörte sie zum ersten Mal deutlich die Stimme: »Du musst dich wehren.« Es war die Stimme einer jungen Frau oder eines Mädchens. Und wieder: »Du musst dich wehren.«

Regine war unheimlich zumute. Sie konnte ja nichts sehen in dieser absoluten Finsternis.

»Wer bist du?«

»Ich bin Borghild.«

»Wo bist du? Ich kann dich nicht sehen.«

»Trotzdem bin ich da. Und ich kann dich sehen.«

»Was machst du hier?«

»Man hat mich hier eingesperrt. Ich könnte zwar gehen, aber ich weiß nicht, wohin.«

»Warum?«

»Weil die Menschen schlecht sind. Aber wir können uns wehren.«

»Wie denn?«

»Tu einfach das, was ich mache. Sprich mir nach. Und stell dir dabei vor, was geschieht.« Und Borghild sagte: »Verdammt sollst du sein, du Elendsort. Ein Sturm soll über dich kommen und regnen soll es wie aus Kübeln. Ihr sollt euch vor Angst verkriechen. Büßen sollt ihr für das, was ihr mir angetan habt.«

Regine kam es merkwürdig vor, diese Worte nachzusprechen. Aber sie tat es. Und dabei stellte sie sich vor, wie es draußen stürmte und der Regen peitschte, wie Blitze zuckten, wie die Katze sich unter dem Sofa verkroch und sich Menschen, die draußen vom Unwetter überrascht wurden, zusammenkauerten.

Regine brach jetzt ab. Sie zitterte am ganzen Leib, und Lilly sah sie ernst an. So hatte sie ihre Freundin, die ihr fast ein Leben lang vertraut war, noch nie gesehen. Schließlich nahm sie Regines Hand und sagte: »Lass gut sein für heute, Regine. Ich wusste nicht, wie sehr dich das mitnimmt. Du kannst ein anderes Mal weiter erzählen.«

»Ja, vielleicht hast du recht, Lilly. Aber ich bin schon froh, dass ich überhaupt mal etwas darüber herausgebracht habe. Das ist eine schreckliche Geschichte, die sich über die Jahre fortgesetzt hat. Und das Schlimme ist, dass diese furchtbaren Wünsche sich tatsächlich erfüllt haben. Irgendwann kam mein Vater in den Keller gestürmt und hat mich wieder nach oben in die Wohnung geholt. Es war ein fürchterliches Unwetter über den Ort hereingebrochen. Als ich oben in der Wohnung ankam, saß die ganze Familie am Küchentisch mit angsterfüllten Gesichtern. Draußen war es pechschwarz, obwohl es um diese Tageszeit hätte hell sein müssen. Sturm und Regen machten unheimliche Geräusche. Blitze zuckten am Himmel. Ein Donnerschlag, der unmittelbar auf einen Blitz folgte, war so laut, dass es in der Nähe eingeschlagen haben musste. In meiner Erinnerung war es wie die Apokalypse. Bei meiner abergläubischen Mutter durfte während eines Gewitters nichts gegessen werden. Wer während eines Gewitters aß, musste nach ihrer Vorstellung damit rechnen, vom Blitz erschlagen zu werden. Erst allmählich flaute das Unwetter ab. Und als Regen und Sturm aufhörten, sah man den Schaden, den der Zorn der Natur angerichtet hatte. Oder war es der Zorn Borghilds? Am Schulberg waren Bäume entwurzelt. Auf der Straße lagen Dachziegel herum. Unten bei den tiefer gelegenen Gebäuden am Marktplatz schöpften die Leute Wasser aus ihren Häusern.«

»Und du meinst, dass das etwas mit dem Wunsch dieser Borghild zu tun hatte?«

»Natürlich. Und ich hatte ja mitgemacht. Ich hatte das Unwetter auch herbeigerufen und es mir vorgestellt. Als Kind fällt einem das ja viel leichter, weil man nicht so rational denkt.«

»Naja, Regine, das war bestimmt ein schlimmes Erlebnis für ein Kind. Und du hast dir die Schuld gegeben.«

»Ach Lilly, das war ja erst der Anfang. Wenn ich dir erzähle, wie alles weiterging, wirst du denken, dass ich eine total verrückte alte Schachtel bin.«

Regine hatte sich wieder beruhigt, sodass Lilly sie allein lassen konnte. Aber sie würde in den nächsten Tagen wiederkommen. Sie musste sich überhaupt etwas mehr um die gute Seele kümmern. In ihrer Erinnerung war Regine als junge Frau etwas verschüchtert gewesen. Offenbar fühlte sie sich im Haus ihres Onkels wie ein Dienstmädchen, was sie zwar auch war, aber sie und ihre Schwester sahen sie viel eher als Familienmitglied an. Auch Mutter und Onkel taten alles, sie nicht spüren zu lassen, dass es soziale Unterschiede gab. Regine bediente nicht beim Essen, sondern saß mit der Familie am Tisch. Nach einiger Zeit blühte sie mehr und mehr auf.

Es war nur eine Strecke von zwei Kilometern bis zu ihrem Haus, aber da sie in Gedanken verloren war, merkte Lilly gar nicht, dass sie nicht auf die Geschwindigkeit geachtet hatte. Und ausgerechnet heute wurde auf dieser Straße geblitzt. Zwei freundliche Polizisten hielten sie an, grüßten und baten um die Papiere. Ein gut aussehender, blonder Beamter sah sich den Führerschein an und sagte:

»Frau Hös-chen, Sie sind zu schnell gefahren.«

Wenn Lilly eines auf den Tod nicht ausstehen konnte, dann war es, wenn jemand ihren Namen wie *Hös-chen* aussprach anstatt *Hö-schen*. Also fiel sie dem Jüngling ins Wort: »Seien Sie froh, dass Sie im 21. Jahrhundert leben. In früheren Zeiten hätte man Wegelagerern wie Ihnen den Kopf abgeschlagen. Und nun noch einmal gaaaanz langsam für Blonde: Mein Name ist nicht Hös-chen, sondern Hö-schen. Und nun sagen Sie mir endlich, welchen Wegezoll ich zu zahlen habe. Ich möchte nämlich heute noch nach Hause kommen.«

Der arme Polizist schaute völlig verdutzt drein und machte Anstalten, zu einer längeren Belehrung auszuholen. Da fiel ihm sein älterer Kollege, der Lilly kannte, ins Wort und sagte: »Ich mach das schon.« Und an Lilly gewandt setzte er sein charmantestes Lächeln auf und sagte: »Fräulein Höschen, Ihre Geschwindigkeit war...«

Weiter kam er nicht. Mit scharfer Stimme fiel sie ihm ins Wort: »Das interessiert mich nicht. Wieviel soll ich zahlen?«

»Zwanzig Euro bitte, Fräulein Höschen.«

Sie zückte ihr Portemonnaie und reichte ihm einen Zwanziger. Nachdem sie gefahren war, sagte er zu seinem blonden Kollegen: »Leg dich, um Himmels Willen, nicht mit Fräulein Höschen an. Wenn die Alte dich in die Mangel nimmt, weißt du am Ende nicht mehr, ob du Männlein oder Weiblein bist.«

KAPITEL 4

Als Lilly nach Hause kam, stand vor dem Nachbarhaus ein Möbelwagen. Neugierig, wie sie war, schaute sie zu, wie ein paar starke Männer ein Möbelstück nach dem anderen heraustrugen. Schließlich kam auch die Nachbarin, Frau Rammelt, heraus.

»Sagen Sie nicht, dass Sie ausziehen, Frau Rammelt.«

Lächelnd ging diese auf Lilly zu und sagte: »Doch, leider. Mein Mann hat seine Professur an der TU Clausthal aufgegeben und will etwas ganz Neues beginnen. Und dann hat es sich ergeben, dass wir das Haus sehr schnell verkaufen konnten. Tja, und nun schaffen wir die Möbel erst mal in mein Elternhaus nach Ostfriesland, das ja leer steht. Und mein Mann und ich fliegen nächste Woche in die USA.«

»Du meine Güte, das geht ja derart holterdiepolter, als ob Sie auf der Flucht wären. Dabei wohnen Sie doch noch gar nicht so lange hier.«

»Tja, manchmal muss man sich einfach schnell entscheiden. Solch eine Chance bekommt man nicht alle Tage.«

Zwei Stunden später standen die beiden Nachbarn dann vor Lillys Tür, um sich zu verabschieden. Sie hatten hier keine Freunde gefunden, weil Herr Professor Rammelt ein unglaublich schwieriger Mensch war. Lediglich

Lilly kam einigermaßen mit ihm zurecht, indem sie seine oft rüden Worte mit einer ordentlichen Portion Humor und spitzen Bemerkungen an ihn zurückgab.

»Ach, Herr Rammelt, das ist aber schade. Jetzt weiß ich gar nicht, wen ich ärgern soll, wenn Sie nicht mehr da sind.«

»Ärgern Sie einfach die neuen Nachbarn, Fräulein Höschen.«

Amüsiert erinnerte sich Lilly an die verschiedenen Kabbeleien, die sie mit dem Mann ausgetragen hatte. Einmal hatte ihre Freundin Gretel ihm, als er im Garten im Liegestuhl lag, eine Pflaume an den Kopf geworfen, um ihre Wurfkünste zu demonstrieren. Als er dann an den Zaun kam und Lilly fragte, ob sie gesehen habe, wer ihn beworfen hatte, antwortete sie ihm, dass wahrscheinlich ein Vogel oder ein Eichhörnchen etwas verloren hätte, was ihm dann auf den Kopf gefallen war.

Bereits am nächsten Tag fuhr wieder ein Möbelwagen vor. Einem Pkw, der gleichzeitig eintraf, entstiegen drei Männer. Der Älteste mochte an die neunzig sein. Er bewegte sich etwas schwerfällig an einem Stock. Lilly, die hinter der Gardine stand und interessiert zuschaute, diagnostizierte denn auch gleich Gicht bei dem Alten. Der zweite Mann war vielleicht um die sechzig, der Jüngste mochte etwa Mitte zwanzig sein und machte einen sportlichen Eindruck. *Ein Männerhaushalt,* dachte Lilly. Vielleicht Großvater, Vater und Sohn. Der Mittlere kommandierte sofort die Möbelpacker, während der Alte gemächlich auf die Haustür zuging und sich um nichts weiter kümmerte. Der Jüngste nahm sich einige Kartons vor, die die Möbelpacker herausgestellt hatten, und fing an, darin zu wühlen. Lilly konnte sich zwar nicht erklären, warum, aber sie hatte irgendwie kein gutes Gefühl bei diesen Leuten. Sie waren ihr auf Anhieb unsympathisch.

Egal, dachte Lilly. Heute wollte sie erst einmal nach Braunlage fahren. Ihre Freundin Gretel Kuhfuß hatte sie zum Essen eingeladen. Sie war eine fabelhafte Köchin. Anschließend würden sie sich einen schönen Nachmittag machen, und dann würde sie Gretel mitbringen. Die beiden Frauen wollten mal wieder ein paar Tage miteinander in Lillys Haus verweilen und ihre Gesellschaft genießen.

Während der Fahrt nach Braunlage fiel ihr wieder ein, was Regine ihr gestern erzählt hatte. Sie musste sich um die alte Freundin kümmern. Es war nicht gut, sie zu animieren, sich mit ihrer Vergangenheit zu beschäftigen und sie dann mit ihren Gedanken und Ängsten allein zu lassen. Sie würde sie in den nächsten Tagen mal zu sich einladen, um gemeinsam zu essen und sich viel Zeit zum Plaudern zu nehmen.

»Was ist das denn für eine komische Tante da nebenan?«, fragte Gretel, als sie am Abend mit Lilly noch einen Rundgang ums Haus machte. Auf dem Nachbargrundstück war gerade eine Frau aus der Tür getreten, die lautstark auf den jungen Mann einredete, der vorhin eingezogen war. Die Dame mochte so Mitte fünfzig sein, hatte sich aber ausstaffiert wie ein Hippiemädchen aus den sechziger Jahren des letzten Jahrhunderts.

»Die habe ich noch nie gesehen«, antwortete Lilly.

»Bevor ich zu dir fuhr, sind hier drei Männer eingezogen. Vielleicht gehört diese Frau ja auch zu meinen neuen Nachbarn.«

»Hm«, raunzte Gretel, »sieht aus wie eine in die Jahre gekommene Ökoschabracke.«

Lilly musste schmunzeln. Ihre Freundin hatte immer so passende Ausdrücke auf Lager, um Menschen zu charakterisieren. Sie mochte diese Frau, die immer genau sagte, was sie meinte. Von übermäßiger Freundlichkeit hielt sie nichts. Leute, die sie nicht kannten, hielten sie bei der ersten Begegnung oft für ausgesprochen unhöflich und übellaunig. Aber so war sie nun einmal. Gretel war jetzt siebzig Jahre alt und schon lange verwitwet. Viele Jahre lang hatte sie Lillys verstorbenem Freund Ferdinand in Braunlage den Haushalt gemacht. Seitdem dieser tot war, langweilte sie sich oft, sodass Lilly den Kontakt zu ihr intensiviert hatte. Sie hatte diese alte Kratzbürste nämlich ausgesprochen gern um sich.

Am nächsten Morgen beschlossen die beiden Frauen angesichts des schönen frühsommerlichen Wetters, den Tag überwiegend im Garten zu verbringen, der sich hinter dem Haus den Berg hinauf schlängelte. Ziemlich weit oben gab es eine Plattform mit einer Sitzecke. Von hier hatte man einen herrlichen Blick auf die bewaldeten Berge. Lilly hatte gerade begonnen, Gretel von ihrer alten Freundin Regine zu berichten, als sie den alten Mann von nebenan erblickten, der mit seinem Stock mühselig die Treppe zu ihnen heraufstieg. Lillys weißer Pudel Dolly bellte kurz. Gretel schaute skeptisch und sagte: »Na, ob der stümperige Heini es schafft, hier hochzukommen? Ich glaube, ich gehe ihm mal entgegen und helfe ihm.« Schnellen Schrittes ging Gretel auf den Mann zu und sagte: »Warten Sie, ich helfe Ihnen.«

»Oh, kein Problem. Es geht zwar langsam, aber es geht noch.«

Dann hakte er sich bei ihr ein, und ganz langsam erklommen sie die Plattform mit der Sitzecke. Lilly erhob sich und sagte: »Na, Sie wollen wohl Ihren Antrittsbesuch machen?«

Er reichte ihr die Hand und sagte: »Kixmüller. Alfred Kixmüller. Wie Sie wohl schon mitgekriegt haben, bin ich gestern in das Haus nebenan eingezogen.«

»Ich habe es gesehen. Und dann waren da noch zwei andere Männer.«

»Richtig. Der Jüngste ist mein Sohn Jörg. Und der etwas ältere Kerl ist Heiner. Er ist der Mann meiner geschiedenen Frau, also mein Nachfolger sozusagen.«

Jetzt schauten sich die beiden Frauen fragend an und Lilly sagte: »Verstehe ich richtig? Sie haben mit Ihrer geschiedenen Frau einen Sohn. Das ist der junge Mann, der bei Ihnen wohnt?«

»Korrekt. Das ist Jörg.«

»Und Ihre Frau hat dann den anderen Mann, also Heiner, geheiratet?«

»Korrekt.«

»Aha. Das ist auch eine seltene Konstellation, dass der geschiedene und der aktuelle Mann einer Frau zusammen wohnen.«

»Da könnten Sie recht haben. Aber das Leben geht manchmal seltsame Wege. Außerdem ist Heiner auch nicht mehr der aktuelle Mann. Er wurde auch schon wieder ausrangiert und wird bald geschieden.«

»Und wo ist Ihre geschiedene Frau? Ist die nicht mit eingezogen?«, fragte Lilly.

»Gott bewahre. Es reicht mir, wenn sie alle paar Wochen mal aufkreuzt, um unseren gemeinsamen Sohn vollzutexten. Auch Heiner hat die Nase voll von ihr. Ich war froh, dass er sie mir abgenommen hat. Er dürfte das aber schon mehr als einmal bereut haben und hat sich dann schließlich auch von ihr getrennt.«

Jetzt schaltete sich Gretel ein, die in der Zwischenzeit eine Tasse Kaffee für ihren Gast eingeschenkt hatte: »Ist

Ihre Verflossene vielleicht diese, diese, äh, Ökoschabracke, die gestern Abend da war?«

Jetzt bekam der alte Mann einen Lachanfall.

»Besser hätte man es nicht formulieren können. Ökoschabracke trifft es genau. In den letzten Jahren hat sie einem das Leben schwer gemacht mit ihrem veganen Essen, mit ihren Klamotten aus Naturfasern, ihren heilenden Steinen, mit Tantra-Sex und diesem ganzen Zeug. Irgendwann hatte auch Heiner die Schnauze voll und hat sich aus dem Staub gemacht.«

Gretel konnte einfach nicht ihren Mund halten und setzte nach: »Naja, das mit dem Tantra-Sex dürfte Sie ja nicht mehr betreffen. Sie sind ja nicht mehr mit ihr verheiratet. Außerdem kommt man aus diesem Alter sowieso irgendwann raus.«

»Da täuschen Sie sich mal nicht. Wenn noch alles funktioniert, hat man durchaus noch mit achtundachtzig seinen Spaß.«

Dabei schaute er Gretel lächelnd an und legte seine Hand auf ihre, die sie ganz entsetzt wegzog und sagte: »Gehen Sie mir bloß nicht an die Wäsche, Herr Kixmüller, hier wird nicht gekixmüllert.«

Jetzt brach es aus Lilly heraus. Sie schüttelte sich vor Lachen, und Herr Kixmüller fiel ein, während Gretel die beiden ganz erbost anschaute und so tat, als hätte sie keinen Spaß an der Unterhaltung.

Der Mann erzählte noch von seinem Sohn, der sechsundzwanzig sei, dass dieser ein abgeschlossenes Studium der Informatik habe, aber keine Lust, richtig zu arbeiten. Er sei Freiberufler und sitze fast rund um die Uhr an seinen Computern. Was er da eigentlich treibe, wisse er nicht. Und Heiner, der Noch-Ehemann seiner geschiedenen Frau, sei als Krankenpfleger bei ihm angestellt. Er sei zwar nicht krank, aber so ganz ohne Hilfe ginge es nicht mehr.

Nach dem Besuch des alten Mannes musste Lilly erst mal ihr Vorurteil revidieren, die neuen Nachbarn seien unsympathisch. Jedenfalls, was Alfred Kixmüller betraf. Er war sehr offenherzig und durchaus nicht humorlos.

KAPITEL 5

Heiner fand in der ersten Nacht in diesem Haus einfach keinen Schlaf. Seine Gedanken kreisten um das, was er im Keller versteckt hatte. Was, wenn man ihm nun doch auf die Schliche gekommen war? Wenn man das Zeug bei ihm fand, wäre er dran. Obwohl er an der Aktion selbst gar nicht beteiligt gewesen war, musste er damit rechnen, dass er künftig nicht mehr in seinem schön ausgestatteten Zimmer, sondern in einer Zelle schlafen würde. Er musste es los werden. Und zwar schnell. Am besten sofort. Er zog sich etwas an, ging in den Keller und nahm aus einem großen Karton den blauen Sack. Halt, er brauchte noch einen Spaten. Die Gartengeräte hatte er hinter dem Haus in den Schuppen gestellt. Also verließ er den Keller über die Außentreppe, die zum Garten am Hang führte, den blauen Sack über der Schulter, und holte den Spaten aus dem Schuppen, der nicht verschlossen war. Zum Glück war Vollmond. Da brauchte er keine Taschenlampe. Er stieg den Hang hinauf, kletterte über den Jägerzaun, hievte von der anderen Seite Sack und Spaten herüber und ging dann zwanzig Meter weiter. Hier begann schon das Nachbargrundstück. Heiner entfernte sich ein paar Meter vom Zaun bis in den Wald hinein und fing an zu graben. Das war ein hartes Stück Arbeit. Das Wurzelwerk im Boden machte ihm zu schaffen. Die Grube musste ja nicht allzu tief sein. In ein paar Tagen würde er es wieder ausgraben und dann seiner Bestimmung zuführen. Nach getaner Arbeit lief ihm der Schweiß aus allen Poren, und er machte sich auf den Rückweg zum Haus. Danach konnte er endlich einschlafen.

Regine war guter Dinge, als Lilly sie am nächsten Vormittag abholte. Sie freundete sich auch ganz spontan mit Gretel an, die sie zuvor noch nicht gekannt hatte. Nach dem Mittagessen setzten sich die drei Frauen auf den Balkon, weil die Stufen, die zur Sitzecke im Garten führten, für Regine sicherlich zu steil gewesen wären. Sie war zwar noch gut beweglich, aber mit dem Treppensteigen hatte sie es nicht mehr so.

»Ja, Lilly, es ist schön, mal wieder hier zu sein«, sagte Regine. »Ich habe so viele Jahre in diesem Haus verbracht. Als dein Onkel mich hier einstellte und ich auch hier wohnen durfte, ging es mit mir bergauf. Aber die Zeit, die mein Leben am meisten geprägt hat, habe ich in dem Haus am Markt verbracht. Aber das ist wohl immer so. Der Ort der Kindheit spielt im Leben eine besondere Rolle.«

»Da hast du recht, Regine. Und besonders, wenn man das erlebt hat, wovon du mir letztes Mal erzählt hast.«

Natürlich merkte die alte Frau, dass Lilly darauf spekulierte, mehr über die Geschehnisse in dem alten Haus ihrer Kindheit zu hören. Und sie fühlte sich heute rundherum wohl und damit stark genug, zu erzählen. Es störte sie auch nicht, dass Lillys Freundin Gretel dabei war. Diese kümmerte sich so fürsorglich um sie, und sie hatte ein so gutes Gefühl ihr gegenüber, dass sie keine Scheu hatte, auch in ihrem Beisein über eine Vergangenheit zu sprechen, die sie lange verdrängt hatte.

Es kam immer mal wieder vor, dass Regine in den Keller gesteckt wurde, weil sie die aufmüpfigste der drei Töchter war. Im Laufe der Zeit freute sie sich insgeheim darüber, wenn es mal wieder so weit war. Es kam sogar vor, dass sie das Einsperren im Keller provozierte, weil sie die Gesellschaft von Borghild suchte. Und manchmal geriet diese junge Frau in eine Stimmung, dass wieder etwas *passierte.* Borghild bekam mit, was in diesem Haus und im Ort vor sich ging. Und sie nahm Anteil daran. Nicht so sehr an den schönen Dingen, die ja auch geschahen, sondern an den schlechten. Sie war dann meist von Traurigkeit erfüllt. Und manchmal geriet sie darüber in eine unbändige Wut. Da konnte Regine es durchaus mit der Angst bekommen. Einmal regte sich Borghild furchtbar über einen Mann auf, der seine Kinder derart schlug, dass man es im ganzen Haus hören konnte. Und er prügelte auch seine Frau. Borghild war so aufgewühlt, dass sie diesem Mann den Tod wünschte. Als der Vater Regine an diesem Tag aus dem Keller holte, war er ganz kleinlaut und sagte ihr, sie müsse ganz still sein. In der Küche wurde den Kindern dann gesagt, dass der Mann in der Wohnung über ihnen, der immer Frau und Kinder geschlagen hatte, tot sei. Als der älteste Sohn fragte, woran er denn gestorben sei, antwortete die Mutter ganz leise, so als ob es verboten wäre, darüber zu sprechen, dass er sich auf dem Dachboden erhängt habe. Und nun würde er als Selbstmörder nicht in geweihter Erde beigesetzt werden. Regine wusste zwar nicht, was geweihte Erde war, aber es musste etwas ganz Schlimmes sein, nicht darin begraben zu werden.

»Regine, das hört sich wirklich mysteriös an«, sagte Lilly. Und Gretel fügte mit ihrem skeptischen Gesichtsausdruck hinzu: »Ich stehe zwar mit beiden Beinen fest auf dem Boden, aber es gibt schon Dinge, die man mit dem menschlichen Verstand nicht begreifen oder gar erklären kann. Wenn ich an das Bild denke, das mein Großvater gemalt hat...«

Regine schaute Gretel fragend an.

»Dieses Bild hing in dem Haus von Lillys Freund Ferdinand, dem ich lange den Haushalt gemacht habe. Ab und zu veränderte sich etwas auf ihm wie von Geisterhand. Und kurz darauf starb dann immer ein Mensch.«

»Das hört sich ja gruselig an.«

»Das war es auch. Aber ich will dich jetzt nicht unterbrechen. Du wolltest etwas erzählen, Regine.«

Und Regine erzählte weiter: Sie wurde älter, und Borghild wurde zu einem festen Bestandteil in ihrem Leben. Als kleines Kind hatte sie ihre Schwestern einmal gefragt, ob sie im Keller auch schon mal Borghild begegnet wären. Diese schauten sie aber nur mitleidig an und schrieben die Erscheinung der ausgeprägten Fantasie der Kleinen zu.

Eines Tages, Regine war inzwischen zwölf Jahre alt, fing Borghild an, ihre Geschichte zu erzählen. Vor langer Zeit, als dieses Haus noch das Gerichtsgebäude war, wurde sie in dieser kleinen Stadt geboren. Die Eltern hatten eine große Kinderschar und waren ziemlich arm. Es musste zwar niemand hungern, aber alle, auch die Kinder, mussten hart arbeiten. Die Knaben verrichteten von Sonnenaufgang, im Winter auch früher, ihre Schicht als Pochjungen. Sie hatten Steine zu sortieren und mit dem Hammer zu bearbeiten, um herauszufinden, welche wertvolles Erz enthielten. Wurden Fehler gemacht oder wurde zu langsam gearbeitet, gab es was mit der Peitsche übergezogen. Die Mädchen hatten entweder die leichteren Arbeiten in der Erzaufbereitung zu verrichten oder in fremder Leute

Haushalt zu arbeiten, um etwas dazuzuverdienen, damit die Familie über die Runden kam. Da man mit acht Jahren bereits als arbeitsfähig galt, konnte man ab dem Zeitpunkt nicht mehr morgens zur Schule gehen, sondern musste diese nachmittags für ein oder zwei Stunden besuchen. Vielen Eltern war das gar nicht recht, weil sie nicht einsahen, warum man unbedingt lesen, schreiben und rechnen lernen musste. Aber die Obrigkeit hatte es so beschlossen und begann dies auch durchzusetzen. Und wenn man dann zu Hause war, wartete noch die übliche Arbeit in Haus, Stall und Garten. Das war ein hartes Los. Aber es betraf die meisten Leute; also sah man es als ganz normal an.

Als Borghild in das Alter kam, in dem die Jungen sich für sie interessierten, tat sie das, was die Mutter sie gelehrt hatte: Sie stieß sie weg. Wenn es sein musste, auch mit grober Gewalt. Sie wusste, dass man durch allzu engen Kontakt mit Jungen und Männern schwanger werden konnte. Wie genau das vor sich ging, konnte sie zwar nicht sagen, aber sie hatte eine Heidenangst davor. Ein Kind zu bekommen, ohne verheiratet zu sein, war eine große Schande. Ins Gefängnis kam man zwar nur, wenn man den Vater nicht preisgeben konnte oder wollte, aber die Leute zeigten mit dem Finger auf einen, und der Pastor prangerte diese Frauen in der Kirche an. Eine solche Schande hätte sie nicht überlebt, und die Eltern auch nicht. Es kursierten Geschichten darüber, wie manche dieser Frauen sich umgebracht hatten. Andere sollen ihr Kind in der Abgeschiedenheit des Waldes zur Welt gebracht haben, um es dann gleich nach der Geburt zu töten. Für solche Sünden kam man in die Hölle. Und wenn herausgefunden wurde, dass man sein eigenes Kind nach der Geburt umgebracht hatte, wartete der Galgen auf die Frau. Borghild schauderte bei solchen Gedanken. Deshalb hielt sie sich daran, was ihre Mutter und alle anderen erwachsenen Frauen sagten: Man musste die Männer auf Abstand halten. Nur, wenn es einer ernst meinte, bei den Eltern vorsprach und es zur Verlobung kam, konnte man sich mit dem Mann einlassen. Und sobald man verheiratet war, konnten auch Kinder kommen.

Als Borghild fünfzehn Jahre alt war, blühte sie auf wie eine Blume, die ihre ganze Schönheit entfaltet und mit ihrem Duft alle in ihrer Umgebung betört. Wenn sie barfuß und mit hochgebundenem Rock im Bach stand, um Wasser für die Arbeiter zu schöpfen, wurde sie angestarrt. Manche Männer machten auch zweideutige Bemerkungen, und alle lachten. Zuerst schämte sie sich, dann wurde sie wütend und bewarf die Männer mit Tannenzapfen, was diese nur noch mehr anstachelte. Irgendwann fühlte sie sich geschmeichelt, dass man ihr so viel Beachtung schenkte, versuchte aber, sich dies nicht anmerken zu lassen. Sie war ein fröhliches Mädchen, das trotz der harten Arbeit Freude am Leben hatte. Doch dann geschah etwas, was alles verändern sollte.

An einem schönen Herbsttag, nachdem Borghild etliche Eimer Wasser geschleppt hatte und völlig erschöpft war, legte sie sich für einen Moment auf den Waldboden. Es war gerade keine Pause, sodass sie sich nicht erwischen lassen durfte. Aber die Verlockung, sich nach der schweren Arbeit mal für ein paar Minuten auszuruhen, bevor sie abends noch im Haushalt zu helfen hatte, war einfach zu groß. Außerdem würde sowieso niemand seinen Arbeitsplatz verlassen, um in den Wald zu gehen. Doch da hatte sie sich getäuscht. Plötzlich stand Kilian, der Pochsteiger, der die Aufsicht über die Arbeiter führte, vor ihr und grinste sie höhnisch an.

Jetzt hörte Regine auf zu erzählen und Gretel fragte: »Und das hat dir diese Borghild alles haarklein erzählt? Wenn ich es recht verstehe, muss es sich bei dieser Frau ja um einen Geist gehandelt haben. Weißt du denn, wann sie gelebt hat?«

Regine lächelte mild und sagte: »Damals war mir nicht bewusst, dass sie ein Geist war. Und später einmal, als mir aufging, dass sie von längst vergangenen Zeiten erzählte, habe ich sie mal danach gefragt. Sie wusste weder das Jahr noch das Jahrhundert, in dem das alles geschehen war. Ich habe dann als Erwachsene aufgrund von Details, die sie im Laufe der Zeit genannt hat, und auch aufgrund mancher Ausdrücke, die man heute gar nicht mehr kennt, nachgeforscht. Auch die Tatsache, dass es eine Art Schulpflicht für arbeitende Kinder gab, hat die Zeit eingegrenzt. Ich bin mir ziemlich sicher, dass Borghild Mitte bis Ende des 18. Jahrhunderts gelebt hat.«

»Das ist ja interessant. Und wie ging es dann weiter?«, fragte Gretel ungeduldig.

»Was dann noch alles geschah, kann ich heute nicht mehr erzählen. Es strengt mich doch sehr an. Nur soviel: Borghild wurde an diesem Tag im Wald von dem Pochsteiger Kilian vergewaltigt.«

»Mein Gott!«, rief jetzt Lilly entsetzt aus.

»Ja, als sie mir das erzählt hat, war ich ja erst zwölf und völlig unaufgeklärt. Ich wusste damals gar nicht, was eine Vergewaltigung ist. Jedenfalls hat die Erinnerung an diesen Tag bei Borghild etwas ausgelöst. Sie erging sich in wahren Hasstiraden und ich wusste, dass wieder etwas Schreckliches geschehen würde. Und tatsächlich, als mein Vater mich aus dem Verlies holte, hagelte es faustdicke Eisbrocken vom Himmel. Und was noch schlimmer war: Eine alte Frau, die auch in unserem Haus wohnte, wollte wohl bei dieser Weltuntergangsstimmung nicht alleine in ihrer Wohnung sein. Sie stieg eilig die Treppen hinab, stürzte und verletzte sich so schwer, dass sie ein paar Tage später verstarb.«

Jetzt war es mucksmäuschenstill auf dem Balkon. Lilly war klar, dass Regine heute nicht mehr weiter erzählen konnte. Aber sie würde dranbleiben. Es gab noch so viel, was sie wissen wollte. Zum Beispiel, ob Regine Borghild auch visuell wahrgenommen hatte, ob der Kontakt irgendwann abgerissen war oder ob sie gar heute noch mit ihr in Verbindung stand. Aber das musste warten.

Nachdem Lilly Regine nach Hause gebracht hatte, wurde sie von Gretel mit einem skeptischen Gesicht empfangen.

»Na, nun sag schon, Gretel, was hältst du davon?«

»Das alte Mädchen ist so normal wie du und ich. Es ist zwar schwer zu glauben, aber sie hat das alles wirklich so erlebt. Ich denke, wir sollten das Gespräch in den nächsten Tagen fortsetzen. Ganz ehrlich gesagt: Ich fahre nicht nach Hause, bevor meine Neugier gestillt ist. Ich weiß gar nicht, warum du mir diese interessante Frau bis jetzt unterschlagen hast.«

KAPITEL 6

Als Lilly am nächsten Morgen mit Hündchen Dolly vor ihrem Haus im Garten war, nickte sie dem neuen Nachbarn freundlich zu, der gerade sein Auto abschloss. Heiner, der Sechzigjährige. Er kam auf Lilly zu, um sie zu begrüßen.

»Guten Morgen, ich bin Ihr neuer Nachbar. Stockmann ist mein Name. Heiner Stockmann.«

»Freut mich. Ich bin Lilly Höschen. Fräulein. Ihren älteren Mitbewohner habe ich schon kennengelernt, Herrn Kixmüller.«

»Ja, das hat er mir erzählt.«

»Sie haben sicherlich noch viel Arbeit. So einen Umzug stelle ich mir schrecklich vor.«

»Das können Sie laut sagen. Aber in ein paar Tagen werden wir wohl halbwegs fertig sein. Leider muss ich fast alles allein machen. Jörg, der Sohn von Herrn Kixmüller, ist nur mit seinen Computern beschäftigt. Und Alfred ist ziemlich gehandicapt. Er kann sich an manchen Tagen kaum bewegen. Aber es wird schon.«

Der Mann grinste wie ein Honigkuchenpferd. Irgendetwas war falsch an dem Kerl. Lilly hatte sich doch nicht getäuscht, als sie am ersten Tag spontan etwas an den neuen Nachbarn als unsympathisch empfunden hatte. An diesem Typen war nichts Echtes. Alles war gekünstelt. Das Grinsen, das ein Lächeln vortäuschen sollte, die Stimme, die freundlich klingen sollte, sich aber in Wirklichkeit nur geschwollen anhörte. Sie würde ihn im Auge behalten.

Als sie Gretel von ihrer Begegnung erzählte, meinte diese nur ganz platt: »Na, das hört sich ja an wie der Beginn einer wunderbaren Freundschaft.«

Am Nachmittag stellte Lilly fest, dass ihr Computer nicht funktionierte. Aus heiterem Himmel. Sie hatte nicht wirklich viel Ahnung von Computern, aber da sie sich gleich am Anfang des PC-Zeitalters so ein Ding angeschafft hatte und immer am Ball geblieben war, blickte sie schon einigermaßen durch. Gretel, die über zehn Jahre jünger war, verstand von dieser Materie rein gar nichts und schüttelte mit dem Kopf, wie man sich so aufregen konnte, nur weil dieses alberne Ding nicht tat, was es sollte. Schließlich ließ Lilly sich überreden, erst einmal in den Garten zu gehen, um sich abzuregen. Und es funktionierte auch. Gretel servierte den selbst gebackenen Stachelbeerkuchen und Kaffee, und Lilly dachte nicht mehr an die E-Mails, die sie nicht verschicken konnte. Bis der junge Nachbar im Garten nebenan erschien. Lilly winkte ihm freundlich zu und er kam an den Zaun, den er mit einem flotten Sprung überwand, um zu den beiden Frauen zu gelangen. Er stellte sich als Jörg vor und nahm die Einladung, ein Stück Kuchen zu essen, an. Jörg war hochgewachsen und dunkelhaarig und machte einen leicht zurückhaltenden, aber freundlichen Eindruck. Folglich blieb als Einziger dieser Heiner Stockmann übrig, den Lilly vorerst in der Kategorie ›unsympathisch‹ unterbringen musste.

»Ihr Vater hat mir erzählt, dass Sie Informatiker sind.«

»Ja, das ist allerdings auch das Einzige, womit ich mich gut auskenne.«

»Na, das ist doch schon eine ganze Menge. Wissen Sie,

mein Computer hat heute Mittag den Geist aufgegeben. Ob ich Sie mal bitten dürfte, danach zu schauen? Vielleicht können Sie mir sagen, ob ich mir einen Neuen anschaffen muss oder ob da noch etwas zu machen ist. Mir graut einfach davor, die ganzen Daten auf einen neuen PC zu bekommen.«

»Kein Problem. Ich sehe ihn mir gern mal an. Und wenn Sie einen Neuen brauchen, helfe ich Ihnen, ihn einzurichten.«

»Das wäre wirklich ganz reizend von Ihnen, Jörg.«

Nach dem Kaffee nahm Lilly den jungen Mann mit in ihr Arbeitszimmer. Es dauerte nur ein paar Minuten, bis er den Fehler gefunden hatte. Im Anschluss räumte er die Festplatte richtig auf, und das Ding lief schneller als je zuvor.

»Mein Gott, Jörg, Sie sind ja ein Zauberer. Ich habe schon so manchen Computermenschen zurate gezogen. Aber was Sie in dieser kurzen Zeit mit dem Ding gemacht haben, ist fantastisch. Was bin ich Ihnen schuldig?«

»Schuldig? Das läuft unter Nachbarschaftshilfe.«

In ihrer unbändigen Neugier erfuhr sie, dass die neuen Nachbarn vorher in Braunschweig gelebt hatten. Sein Vater wollte aber gern ruhig und abgeschieden wohnen. Und da kam Heiner, der zweite Mann seiner Mutter, auf die Idee, sich nach einem Haus in Lautenthal umzusehen. Seine Familie würde aus diesem Ort stammen. Heiner hatte seinen Vater, wenn er seine Krankheitsschübe bekam, öfters betreut. Vorher hatte er eine eigene, kleine Wohnung in Braunschweig. Und Jörg hatte in den letzten Jahren bei seinem Vater gewohnt, weil er es bei der chaotischen Mutter nicht ausgehalten hatte. Heiner war bereits vor ihm bei dieser Frau ausgezogen. Keiner der drei Männer hatte es mit ihr lange unter einem Dach ertragen.

Und so beschlossen sie, ein Haus zu kaufen, das Platz genug für drei Individualisten hatte. Das heißt, das Haus wurde von Alfred Kixmüller gekauft, da er als Einziger über entsprechende Mittel verfügte. Ihm selbst sei es völlig egal, wo er wohne, meinte Jörg. Hauptsache, er habe genug Platz für seine ganzen Computer, und vor allem Ruhe. *Komisch*, dachte Lilly; sie hatte noch nie einen jungen Menschen kennengelernt, der seine Ruhe haben wollte. Heiner konnte endlich den verhassten Job bei einem Pflegedienst aufgeben und bis zur Rente ein kleines Gehalt von Alfred beziehen. Außerdem wollte er als Selbstständiger vielleicht den einen oder anderen Pflegebedürftigen übernehmen. Den alten Herrn zu betreuen, hatte für ihn den Vorteil, großzügig und mietfrei zu wohnen. Und der Betreuungsbedarf hielt sich in Grenzen. Lilly war entzückt, wie offenherzig der junge Mann sie über die Verhältnisse informierte.

Plötzlich hörte sie durch das geöffnete Fenster Gebrüll. Im Vorgarten des Nachbarhauses gab es eine lautstarke Auseinandersetzung zwischen Alfred Kixmüller und Heiner. Schließlich sahen sie, wie Kixmüller seinem Kontrahenten den Knauf seines Stockes auf den Kopf haute. Sofort rannte Jörg die Treppe hinunter, zur Tür hinaus und zum Ort des Geschehens. Es gab einen Wortwechsel zwischen den drei Männern. Schließlich hakte sich Jörg bei dem alten Mann unter und brachte ihn ins Haus, während Heiner noch eine Weile dastand und vor Wut schnaubte.

Na, das sieht mir nicht gerade nach eitel Sonnenschein aus, dachte Lilly.

KAPITEL 7

»Ich befand in einem kleinen Dorf in Tirol und hatte einen unbändigen Hunger. Auf der Suche nach etwas Essbarem landete ich schließlich vor einem Gasthaus. Das hieß *Zum Ochsen.* Davor stand ein Mann, der eine gewisse Ähnlichkeit mit diesem Tier hatte. Also fragte ich höflich >*Grüß Gott, sind Sie der Ochse?*< Der Mann schaute mich an und meinte, er sei der Wirt. Daraufhin fragte ich, ob er mir dann vielleicht einen Ochsen servieren könne.«

Lilly hatte die Lacher auf ihrer Seite. Es war ihr gelungen, Regine aufzuheitern, die heute etwas missmutig dreingeschaut hatte, als Gretel und Lilly bei ihr eintrafen. Der Grund war, dass ihre Haushalts- und Pflegehilfe sich für längere Zeit krankgemeldet hatte und niemand ihre Besorgungen erledigen konnte. Regine befürchtete sogar, dass diese gute Frau gar nicht mehr erscheinen könnte, weil ihr die Arbeit mittlerweile zu viel geworden war. Als Lilly sich erbot, zumindest die Einkäufe und Erledigungen zu übernehmen, bis sich alles geklärt hatte, hellte sich Regines Gesicht schon wieder auf. Und sie hatte auch Lust, weiterzuerzählen.

Als Borghild ein paar Monate nach dem schrecklichen Erlebnis im Wald merkte, dass sie schwanger war, brach für sie die Welt zusammen. Niemand durfte davon erfahren. Wenn es soweit war, würde sie einfach davonlaufen, irgendwohin, wo sie niemand kannte. Und wenn sie es nicht schaffte, ihr Kind allein großzuziehen, würde sie es nachts vor die Kirche oder das Pfarrhaus legen. Aber die Vorstellung, überhaupt ein Kind auf die Welt zu bringen, war noch weit weg. Sie musste zunächst einmal zusehen, dass niemand etwas bemerkte. Ihre Alltagskleider, die sie zur Arbeit trug, waren so weit und unansehnlich, dass niemand gewahr wurde, wenn sie an Leibesumfang zunahm. Ihr schwarzes Sonntagskleid, das sie zum Kirchgang trug, würde sie einfach umändern und weiter machen.

Zusätzlich zu ihrer großen Sorge kam auch noch, dass der Vater zum Invaliden wurde. Er hatte von Jugend an im Bergwerk gearbeitet, war aber von Unfällen weitgehend verschont geblieben. Doch als er die Vierzig überschritten hatte, wurde er immer schwächer und sein Husten immer hartnäckiger. Wie so viele Bergleute litt auch er an einer ausgeprägten Staublunge. Eines Tages konnte er sich nicht mehr aufraffen. Er war schwer krank. Nun fiel der Hauptverdiener der Familie aus. Und das bedeutete, dass die Kinder noch härter arbeiten mussten. Der älteste Bruder hatte es geschafft, vom Pochjungen zum Hauer aufzusteigen, was wesentlich besser entlohnt wurde. Aber irgendwann würde er auch seine eigene Familie gründen wollen. Es war schwer, sich auf Dauer ohne die Arbeit des Vaters über Wasser zu halten. Und nun kam auch noch Borghild mit ihrem gewaltigen Problem. Sie hatte Angst, dass es den Eltern den Todesstoß versetzen könnte, wenn sie erfuhren, was mit der Tochter los war. Zuerst die wirtschaftliche Not und dann auch noch die Schande.

Borghild hielt durch. Sie nahm keine Rücksicht auf sich, als es ihr zunehmend schwerer fiel, die Wassereimer zu schleppen und Steine zu sortieren. Den Pochsteiger, der ihr das angetan hatte, strafte sie mit Missachtung. Sie hatte sich vorgenommen, ihn mit einem Stein zu erschlagen, sollte er es noch einmal wagen, sie zu berühren. Zum Glück hielt er sich von ihr fern.

An einem der ersten schönen Juni-Tage, als der Sommer gerade Fahrt aufnahm, passierte es dann. Kurz vor Arbeitsende der Kinder rumorte es in Borghilds Bauch. Sie konnte sich kaum noch auf den Beinen halten. Mit letzter Kraft schleppte sie sich in den nahegelegenen Wald, um sich hinzulegen. Es wurde nass zwischen ihren Beinen. Der Geburtsvorgang begann.

Normalerweise hätte Borghild noch weiterarbeiten müssen, da sie nachmittags nicht mehr zur Schule ging. Aber es waren so viele Menschen in der Aufbereitung beschäftigt, dass es kaum jemandem auffiel, dass sie fehlte. Erst als der Feierabend eingeläutet wurde und einige Leute sich durch das Waldstück auf den Heimweg machten, wurde sie entdeckt. Man fand sie mit blutverschmierten Kleidern, neben sich ein totes Neugeborenes.

»Als Borghild mir das erzählte, lag eine tiefe Trauer in ihrer Stimme«, sagte Regine. »Man brachte sie nach Hause und berichtete den Eltern, die gar nicht wussten, wie sie damit umgehen sollten. Die Mutter war zuerst sprachlos. Dann wurde sie hysterisch, und der Vater sagte kein Wort. Die Tragödie nahm ihren Lauf.«

Gretel und Lilly saßen da wie paralysiert. Regines Schilderung war so plastisch, als sei das alles erst gestern geschehen. Unvorstellbar, dass die alte Frau das erfunden haben könnte. Sie beschlossen, Regine heute nicht zu drängen, weiterzuerzählen. Lilly sagte nur: »Wenn du morgen keine Hilfe hast, dann ruf mich an, damit ich für dich einkaufen kann.«

»Das mache ich. Aber vielleicht ist das Problem ja bis dahin wieder erledigt. Morgen stellt sich ein Ersatz für meine Haushaltshilfe vor. Wenn ich mit ihr klarkomme, ist alles in Ordnung.«

»Gut, Regine. Und in den nächsten Tagen hole ich dich wieder zum Essen. Wir wollen doch wissen, wie deine Geschichte weitergeht.«

»Das wirklich Schlimme kommt erst noch. Aber ich bin froh, dass ich es endlich mal erzählen kann. Ich denke, ich werde euch noch ein bisschen hinhalten. Dann komme ich wenigstens in den Genuss des einen oder anderen guten Essens«, gab sie schmunzelnd zur Antwort.

»Das kriegst du auf jeden Fall«, sagte Lilly. »Auch wenn Gretel wieder weg ist. Ich kann zwar nicht annähernd so gut kochen wie sie. Aber ich hätte mich in den letzten Jahren einfach mehr um dich kümmern müssen. Du gehörst zur Familie.«

KAPITEL 8

Rita und Hannes Sauschläger waren ein Kapitel für sich. Das Ehepaar war Mitte vierzig und hatte sechs Kinder. Bei Hannes war kaum so etwas wie Schulbildung vorhanden, weshalb er in seinem bisherigen Leben auch nie jemals richtig gearbeitet hatte. Es fing schon mit der Suche nach einer Lehrstelle an. Immer hieß es, er würde nicht die schulischen Voraussetzungen für eine Ausbildung mitbringen. Bei der Jobsuche war es das Gleiche. Ohne abgeschlossene Lehre oder praktische Berufserfahrung stellte ihn niemand ein. Dabei war er ein schlauer Kerl mit Unternehmergeist. Sein Auftreten war zwar etwas eigenwillig, wenn er zum Beispiel vor einem Personalleiter stand wie Graf Koks von der Gasanstalt und in seinem Oberharzer Jargon redete, dass ihn niemand verstand. Aber das war doch kein Grund, ihm jede Chance auf eine Führungsposition zu verweigern. *Selber schuld*, dachte er, *wenn die Leute mich nicht nehmen, dann werden sie schon sehen, was sie davon haben.* Aber heute hatte er es auch nicht mehr nötig. Das Schicksal hatte es gut mit ihnen gemeint, als vor einigen Jahren ein entfernter Verwandter starb, den sie gar nicht kannten. Dieser hatte es versäumt, ein Testament zugunsten seiner Lebensgefährtin zu machen. Und so fiel das Erbe, bestehend aus zwei gut gehenden Restaurants und einem Batzen Geld an den nächsten Verwandten. Und das war Hannes Sauschläger. Mit den Restaurants hatte er nichts zu tun, außer monatlich einen entsprechenden Betrag für den Lebensunterhalt zu kassieren. Dann kaufte das Ehepaar zum Preis von einem Euro ein wunderschönes Anwesen am Rande von Clausthal-Zellerfeld. Die baufälligen Bruchbuden, die darauf standen, hatten sie nach und nach wohnlich gemacht, das total verwilderte Grundstück zu einem kleinen Paradies gestaltet. In dieser Abgeschiedenheit lebte es sich gut. Einmal, als sie aufgrund der hohen Ausgaben für allerlei Anschaffungen nicht in der Lage gewesen waren, die Erbschaftssteuer zu entrichten, ließen sie sich ohne ihr Wissen mit der Russenmafia ein und vergruben diverse Dinge auf dem weiträumigen Grundstück. Worum es sich dabei handelte, wollten sie gar nicht wissen. Jedenfalls war dieser finanzielle Engpass längst überwunden, und die Zusammenarbeit mit der Mafia hatte sich durch plötzliche Todesfälle und lange Haftstrafen in deren Reihen auch erledigt.

Wer Hannes Sauschläger schon als seltsamen Zeitgenossen empfand, der hätte Schwierigkeiten, dessen Frau Rita einzustufen. Die durchaus gut aussehende Frau hatte eine derart freche Klappe, dass ihr immer mal wieder Strafbefehle wegen Beleidigung ins Haus flatterten. Einen Finanzbeamten bezeichnete sie schon mal als *albernen Hund* und das Finanzamt als solches als einen *Stall voller Arschlöcher*.

Aufgrund ihres sehr eigenwilligen Verhaltens hatten sie keine Freunde. Denn irgendwann krachte es in jeder Beziehung zu anderen Menschen, und man schwor sich ewige Feindschaft. Es gab eine Ausnahme: Lilly Höschen. Sie mochte die beiden gerade wegen ihres losen Mundwerks und ihrer unkomplizierten Denkweise. Als Lilly vor ein paar Jahren die Oberharzer Sprache erforschte, die nur noch von ganz wenigen Menschen gesprochen wird, lernte sie die beiden kennen und schloss sie in ihr Herz. Seitdem gab es viele gegenseitige Besuche, und man tat sich gern den einen oder Gefallen. So hatte Rita zum Beispiel, ohne viel zu fragen, eine Leiche auf ihrem Grundstück vergraben, die Lilly ungern der Polizei übergeben wollte.

Heute nun hatten die Sauschlägers beschlossen, mal wieder nach Lautenthal zu fahren, um nach Lilly zu schauen. Vorher genehmigten sie sich in einem XXXL-Restaurant im Ort einen kleinen Imbiss. Rita bestellte einen Salat, die beiden jüngsten Kinder, die unbedingt mitwollten, Tim und Yvonne, zehn und acht Jahre alt, begnügten sich mit Chicken Nuggets und Pommes, und Hannes bestellte ein Schnitzel in Familiengröße, das Rita ihm nach gut der Hälfte wegnahm, damit er nicht kollabierte. Als die Bedienung fragte, ob sie den Rest einpacken solle, sagte Hannes ja und Rita nein. Natürlich galt das Nein, und zur Bekräftigung sagte sie der jungen Dame, die sie bediente, noch in ihrem Jargon: »Ich glaub, ihr habt se net alle. Was soll denn das fürn Schnitzel sein? Vom Elefanten? Jetzte is Schluss mit der Fresserei. Mein Alter kricht ja Ballichstülpen.«

Als die Sauschlägers vor Lillys Haus parkten, rannten die Kinder gleich am Haus vorbei hoch in den Garten. Und dort trafen sie auch Lilly und Gretel an. Ganz gemächlich kamen Rita und Hannes hinterhergeschlendert. Oben bei der Sitzecke angekommen, sagte Hannes statt einer Begrüßung: »Junge, Junge, wie kamm man bloß so ähn beklopptes Grundstück ham. Ich wess gar net, wie ihr alden Weiber hier hoch kimmt.«

Nachdem sich alle begrüßt hatten, sagte Gretel: »Ich geh mal ins Haus und hole Kaffee und Kuchen.«

Während Lilly sich mit Rita und Hannes unterhielt, flitzten die beiden Kinder oben über den Zaun in den Wald. Auf dem Nachbargrundstück hatte sich der alte Herr Kixmüller langsam bergauf bis zu einem gemütlichen Plätzchen unter einem Baum hochgearbeitet. Sein Sohn hatte dort vorhin einen bequemen Gartenstuhl aufgestellt. Und nun ließ sich der alte Mann dort nieder, nachdem er Lilly freundlich zugewunken hatte. Ein paar Minuten später kam Gretel mit einem Tablett zurück. Nebenan stapfte wutschnaubend Heiner Stockmann den Hang hinauf, bäumte sich vor Kixmüller auf und redete barsch auf ihn ein. Schließlich reichte es dem Alten. Er nahm seinen Stock und schlug zu. Dieser allerdings ergriff den Stock, warf ihn den Hang hinunter und brüllte Kixmüller an. Lilly und Gretel sahen diesem Schauspiel erbost zu und Hannes fragte: »Was isn das fürn Bekloppter? Der kann doch den alden Kerrel net so zusammescheißen.«

Lilly hielt es nicht mehr auf ihrem Stuhl. Sie ging zum Zaun und rief hinüber: »Hören Sie vielleicht mal auf, den alten Herrn so anzubrüllen, Sie Unhold!«

Stockmann reagierte gar nicht, brüllte noch einmal kräftig auf Kixmüller ein und ging dann eiligen Schrittes den Hang hinunter zum Haus. Lilly meinte, so etwas wie *falscher Hund* und *dreckiger Lügner* aus dem Mund von Stockmann gehört zu haben. Nach einer Weile kam Jörg aus dem Haus, sah den Stock am Hang liegen und brachte ihn seinem Vater. Die beiden diskutierten. Worüber sie sprachen, war nicht zu verstehen.

Nach einer Weile kamen die beiden Kinder aus dem Wald zurück und riefen ganz aufgeregt, sie hätten eine Leiche gefunden. Ungläubig, aber trotzdem bestürzt, liefen alle vier Erwachsenen zum oberen Gartenzaun. Etwa zwei Meter entfernt unter einem Gebüsch lugte eine Hand hervor. Lilly, Gretel und Rita befürchteten das Schlimmste. Hannes versuchte, über den Zaun zu hechten, schaffte es, wahrscheinlich aufgrund seines opulenten Mittagessens, nicht ganz, blieb mit dem Fuß hängen und fiel auf der anderen Seite zu Boden. Wutschnaubend raffte er sich auf, ging zu der >Leiche< und zog zuerst zaghaft, dann mit einem Ruck an der Hand. Bei der Leiche handelte es sich um eine lebensgroße Schaufensterpuppe, die in einem blauen Kleidersack steckte. Man konnte förmlich hören, wie allen die Steine von den Herzen fielen, und Hannes sagte: »Ihr albern Kinner bringt mich noch ins Grab.«

Tim und Yvonne bestanden darauf, die Schaufensterpuppe mit nach Hause zu nehmen. Es gab zwar eine größere Auseinandersetzung mit den Eltern, Rita griff sogar auf ihr Standardrepertoire der Kraftausdrücke zurück und drohte: *ich sapp euch gleich im Marsch*, aber schließlich setzten sich die Kinder durch.

Nachdem die Sauschlägers wieder gefahren waren samt der auf dem Rücksitz angeschnallten, nackten Schaufensterpuppe, sahen Lilly und Gretel, wie Heiner Stockmann wutentbrannt Koffer und Taschen in sein Auto warf. Dann setzte er sich hinein und brauste, viel zu schnell, davon.

»Na, ich denke, Herr Kixmüller muss sich eine neue Pflegekraft suchen«, sagte Lilly zu Gretel.

Eine halbe Stunde später half Jörg seinem Vater vom oberen Garten zum Haus hinunter. Kurz danach kam er wieder hinaus, diesmal auf Lillys Seite des Grundstücks, und fragte, ob er sich setzen dürfe.

»Natürlich, mein Computer-Retter«, war Lillys freundliche Antwort.

»Sie werden sich bestimmt gewundert haben, was bei uns los war. Ich meine diese Auseinandersetzungen zwischen meinem Vater und Heiner.«

»Ach, Jörg, das geht uns ja eigentlich nichts an. Nur ich finde diese Art, mit einem älteren Menschen so barsch umzugehen, nicht in Ordnung«, war Lillys Antwort.

»Tja, mein Vater ist manchmal etwas eigen. Er hatte Heiner zugesagt, dass er ihn in seinem Testament bedenkt, wenn er sich um ihn kümmert. Der Fehler war, dass dieser die ganze Zeit darauf gedrängt hat, endlich sein Testament zu ändern. Aber mein Vater hat gesagt, dass er dies erst nach einer gewissen Probezeit machen würde. Dann hat Heiner ihn gefragt, was denn passiert, wenn mein Vater ganz plötzlich sterben würde. Daraufhin hat er geantwortet, dass er in diesem Fall auch keinen Erbanteil verdient habe. So hat es sich in den letzten Tagen hochgeschaukelt. Und wenn meinem Vater etwas zu viel wird, haut er halt einfach dazwischen. Jetzt ist Heiner weg. Und von mir aus soll er hingehen, wo der Pfeffer wächst. Ich kümmere mich um eine andere Kraft. Es sollte jemand sein, der auch hier wohnen kann, für den Fall, dass ich mal weg muss. Ich wollte nur, dass Sie nicht denken, dass es bei uns immer so zugeht.«

»Das denken wir nicht, Jörg. Ihren Vater habe ich als netten Kerl kennengelernt. Und Sie sind lieb und hilfsbereit. Wer weiß, wozu es gut ist, dass Sie diesen Heiner los sind.«

KAPITEL 9

Als Lilly ihre alte Freundin Regine ein paar Tage später abholte, war sie guter Dinge. Bereits im Auto erzählte sie, dass sie eine neue Hilfe für Pflege und Haushalt habe.

»Stell dir nur vor, er kann sogar bei mir wohnen, sodass ich nachts nicht mehr allein im Haus bin. Er passt auch in mein Budget, was ja wichtig ist. Und er ist ein ganz netter Typ.«

»Ach, du hast eine männliche Pflegekraft engagiert?«

»Ja. Ich hatte gar nicht daran gedacht, aber das war reiner Zufall. Die Frau, die sich hier vorgestellt hatte, konnte nur stundenweise. Aber sie hatte Kontakt zu einem Kollegen, der gerade einen Tag zuvor frei geworden war, und hat ihn mir vermittelt. So wie der gebaut ist, kann er mich sicherlich sogar die Treppe hinauf tragen, falls es mal nötig sein sollte. Aber ich bin froh, dass ich immer noch ganz gut zu Fuß bin.«

Gretel hatte in Lillys Küche Königsberger Klopse zubereitet. Als Regines Nase das wahrnahm, strahlte sie über das ganze Gesicht. Sie schätzte Gretels Kochkunst inzwischen sehr. Nach dem Essen setzten sich die drei Frauen ins Wohnzimmer. Heute war es regnerisch und windig, sodass weder Garten noch Balkon für einen Aufenthalt infrage kamen.

Aus irgendeinem Grund kamen sie auf das Thema Erbschaft zu sprechen. Regine sagte, dass sie gar nicht wisse, wem sie ihr Haus vererben solle. Ihre Nichten und Neffen habe sie seit vielen Jahren nicht mehr gesehen. Und Lilly entgegnete: »Tja, ich habe außer meinem geliebten Großneffen Amadeus keine Verwandten. Und der Bengel ist steinreich. Meine Freunde sind alle in einem Alter, in dem sie mit einer Erbschaft nichts mehr anfangen können. Es sei denn...«, jetzt schaute sie Gretel an, »es sei denn – Gretel, die ist ja fünfzehn Jahre jünger als ich.«

Die Genannte fiel ihr gleich ins Wort: »Also, ich habe mein kleines Häuschen und meine Rente. Außerdem überlebst du mich sowieso noch, du zähes altes Luder.«

Das war typisch Gretel Kuhfuß. Nachdem alle herzhaft über diesen unverhofften Ausbruch gelacht hatten, sagte Regine: »Na, dann will ich mal weitererzählen von Borghild und dem Haus, in dem ich aufgewachsen bin. Ich muss allerdings zugeben, dass es mir schwerfällt, weil das, was jetzt kommt, immer unerfreulicher wird. Aber ich will diese Geschichte nicht mit ins Grab nehmen, ohne sie wenigstens einmal erzählt zu haben.«

Dass das junge, unverheiratete Mädchen Borghild ein Kind im Wald geboren hatte und dass dieses Kind tot war, verbreitete sich wie ein Lauffeuer im Ort. Als dies auch dem Amtmann zu Ohren kam, konnte dieser gar nicht anders, als etwas zu unternehmen. In den letzten Jahren hatte die Tötung von unerwünschten Neugeborenen landauf, landab drastisch zugenommen. Kindsmord, ob von der Mutter vollzogen oder von einem anderen Beteiligten, zählte zu den abscheulichsten Verbrechen. Und solch eine Mörderin in diesem kleinen Städtchen zu haben, war für den Amtmann mindestens so unerträglich wie für jeden anderen gottesfürchtigen Christenmenschen. Auf dieses grauenvolle Verbrechen stand hierzulande der Tod durch

Enthauptung oder den Galgen. Als es zwei Tage nach der Niederkunft an der Tür klopfte, die von der Mutter geöffnet wurde, nahm das Schicksal seinen Lauf. Da standen der Amtmann und ein Büttel. In barschem Ton wurde die Herausgabe der Tochter Borghild gefordert. Mit gefesselten Händen wurde das Mädchen vom Büttel durch die Stadt geführt. Der Amtmann schritt erhobenen Hauptes voran, während Borghild so schwach auf den Beinen war, dass sie dem Büttel hinterher taumelte, der sie an einem Strick hinter sich herzog wie ein Stück Vieh. Am Straßenrand standen Menschen, die das Schauspiel beobachteten. Als der Erste *Kindsmörderin* rief, fielen ein paar andere Leute ein, Borghild auf das Übelste zu beschimpfen. Schließlich erreichten sie den Marktplatz, der voller Menschen war. Hier wurde es besonders schlimm mit dem Gekeife der Leute, die allerlei Verwünschungen brüllten. Einige Menschen standen nur fassungslos da, und manch einer Frau kamen die Tränen angesichts dieses Schauspiels. Schließlich wurde Borghild die Stufen zum Gerichtsgebäude hochgezerrt. Ihre Beine versagten nun fast den Dienst. Sie kam sich vor wie in einem bösen Traum. Immer wieder versuchte sie zu sagen, dass sie doch nichts Unrechtes getan habe. Aber ihre gebrochene, von Tränen erstickte Stimme nahm niemand wahr. Dann führte man sie die steile Kellertreppe hinunter. Dort befand sich eine Gittertür, die kurz geöffnet wurde. Man stieß sie hinein und verriegelte sie wieder. Es war stockfinster. Nach einer Weile merkte sie, dass sie nicht allein war. Eine andere Frau, die sich in eine Ecke gekauert hatte, machte sich bemerkbar. Ihr Prozess wegen eines Wäschediebstahls sollte heute stattfinden.

Als Borghild ihr erzählte, warum man sie hierher geholt hatte, meinte die Frau, dass so viele kleine Kinder nach der Geburt getötet würden, weil die Mütter sie nicht ernähren könnten. Und erst recht, wenn sie unehelich auf die Welt kämen. Offenbar nahm die Frau ihr nicht ab, dass sie wirklich unschuldig war. Und sie gab ihr, bevor sie zu ihrer Verhandlung geholt wurde, noch mit auf den Weg, dass sie sich vor dem Stockmann hüten solle.

»Stockmann? Wer ist das?«

»Das ist der Aufseher hier. Ich glaube, man nennt ihn Stockmann, weil er immer einen Stock bei sich hat. Und wenn es ihm gerade einfällt, schlägt er damit zu. Man muss unbedingt gehorchen, wenn er etwas sagt. Und er soll sich auch schon an Frauen vergangen haben. Ich war ja nur ein paar Tage hier. Aber wenn du hier längere Zeit verbringen musst, bis dein Prozess stattfindet, solltest du dich mit ihm gut stellen. Das ist ein widerlicher Kerl, der seine Freude daran hat, Menschen zu schikanieren.«

Borghild wusste nicht, wie lange sie geschlafen oder vor sich hin gedämmert hatte. Plötzlich stand ein Mann vor ihr, in der einen Hand eine Fackel, in der anderen einen Stock.

»Steh auf, du Kindermörderin! Ab zum Verhör.«

»Ich bin keine Kindermörderin«, sagte Borghild ganz spontan, und ehe sie sich's versah, landete der Stock des Mannes auf ihrem Arm. Sie schrie kurz vor Schmerz auf und versuchte sich aufzurappeln.

»Mach gefälligst schneller, sonst kannst du gerne noch mehr davon haben!«

Mühselig erklomm sie die schmale, steile Kellertreppe, dann die Stufen zur ersten Etage. Dort wurde sie in ein Zimmer geführt, in dem ein gut gekleideter Mann an einem großen Tisch saß. An einem Schreibpult stand ein älterer Mann mit Ärmelschonern. Dem Stockmann wurde gesagt, er solle dem Mädchen die Handfesseln abnehmen.

Danach sollte sie sich dem gut gekleideten Herrn gegenübersetzen.

Der Mann, der sicherlich älter war als Borghilds Vater, machte ein ernstes Gesicht, musterte sie und fing an zu reden: »Du bist Borghild, die Tochter des Bergmanns Adalbert Hansmann, sechzehn Jahre alt und arbeitest in der Aufbereitung. Ist das richtig?«

»Ja.«

»Ja, Herr Kommissar!«

»Ja, Herr Kommissar«, sagte Borghild eingeschüchtert.

»Du bist lutherisch getauft und hast sieben Geschwister?«

»Sechs, Herr Kommissar, ein Bruder ist gestorben.«

»Nun gut. Du hast ein Kind zur Welt gebracht. Wer war der Erzeuger?«

Borghild schaute verschämt auf ihre im Schoß gefalteten Hände.

»Wer ist der Erzeuger deines Kindes?«, fragte der Kommissar nun merklich lauter.

»Ich weiß nicht. Ich hatte ja noch nie etwas mit einem Mann. Nur einmal im Herbst, als ich bei der Arbeit war, da hat mir der Pochsteiger Gewalt angetan.«

»Waren denn da keine anderen Leute bei der Arbeit, die das mitgekriegt haben?«

»Ich war im Wald zum Wasserholen. Und als ich mich einen Moment ausgeruht habe, kam der Pochsteiger. Er hat mir die Röcke hochgeschoben und mir wehgetan.«

»Hast du dich gewehrt?«

»Ich hab's versucht. Aber er war so stark.«

»Hat er es nur dies eine Mal getan oder öfter?«

»Nur dieses eine Mal. Wenn er es noch mal versucht hätte, dann hätte ich ihn mit einem Stein erschlagen. Das hatte ich mir fest vorgenommen.«

»Und hast du jemandem davon erzählt?«

»Nein. Ich habe mich ja so geschämt.«

»Und wann hast du gemerkt, dass du guter Hoffnung bist?«

»Zuerst gar nicht. Es kam ganz plötzlich. Erst vier Monate vor der Geburt. Da rumorte es in meinem Bauch, und ich war dicker geworden. Und dann, eines Tages, als ich bei der Arbeit war, bekam ich starke Schmerzen. Da habe ich mich in den Wald gelegt, und es war alles nass da unten. Irgendwann kam es dann heraus. Und dann muss ich die Besinnung verloren haben. Als ich wieder bei mir war, lag da ein totes Kind.«

»Und du willst mir sagen, dass das Kind schon tot war, als es herauskam?«

»Das weiß ich nicht. Ich habe das Kind ja erst bemerkt, als ich wieder bei mir war.«

Die Feder des Schreibers kratzte in großer Geschwindigkeit vor sich hin. Nach einer Pause setzte der Kommissar zur nächsten Frage an: »Wenn das Kind nicht tot gewesen wäre, was hättest du dann mit ihm gemacht?«

»Das weiß ich nicht. Wahrscheinlich hätte ich es mit nach Hause genommen. Oder ich wäre mit ihm weggelaufen. Meine Eltern hätten die Schande nicht überstanden.«

»Aha, deine Eltern hätten die Schande nicht überstanden. Und deshalb hast du es umgebracht?«

Jetzt heulte Borghild los und rief: »Ich habe es nicht umgebracht. Das könnte ich gar nicht.«

Für heute ließ es der Kommissar dabei bewenden. Borghild wurde zurück in den dunklen Keller gebracht. Jetzt war sie ganz allein. Sie wurde mit dem Notdürftigsten versorgt: Wasser, Brot, eine Decke. Am nächsten Tag öffnete sich die Tür und der Stockmann brachte eine Schüssel Wasser, damit sie sich waschen konnte. Danach musste sie den Eimer mit ihrer Notdurft hinausbringen. Als sie einen Moment zu langsam ging, um die wärmende Sonne auf ihrer Haut zu genießen, landete der Stock des Mannes auf ihrem Rücken und sie schrie auf.

Am nächsten Tag wurde sie wieder zum Verhör gebracht. Der Kommissar stellte alle Fragen noch einmal und versuchte, sie in Widersprüche zu verwickeln. Zwei Tage später dasselbe Spiel. Am Schlimmsten war für sie, wenn sie wieder in den finsteren Keller geführt wurde und der Stockmann ihr mit seiner durchdringenden Stimme Dinge sagte, die sie in den Wahnsinn hätten treiben können: »Du wirst schon sehen, was mit Kindermörderinnen geschieht. Man wird dich durch die Stadt führen und die Leute werden dich verdammen und anspucken. Und am Richtplatz wartet dann schon der Scharfrichter mit seinem Schwert auf dich. Der Kopf wird dir heruntergeschlagen. Und begraben wirst du in ungeweihter Erde.«

Borghild konnte dann keinen klaren Gedanken mehr fassen. Sie hoffte nur, dass der Schlaf sie irgendwann übermannte und sie nicht mehr denken musste.

Nach einem weiteren Verhör durch den Kommissar sagte dieser schließlich: »Du wirst vor Gericht gestellt. Aus Wolfenbüttel wird ein Richter kommen, der dich einem gerechten Urteil zuführt. Bis dahin wirst du weiter in Gewahrsam bleiben.«

Gerechtes Urteil, dachte Borghild. *Das kann doch nur bedeuten, dass ich wieder freikomme. Ich habe doch nichts getan.* Tief in ihrem Inneren flackerte Hoffnung auf.

»Für heute soll es gut sein, meine Lieben«, sagte Regine und Lilly fragte: »Das alles hat dir Borghild so genau geschildert?«

»Ja, sie hat es so exakt und emotional beschrieben, dass die Bilder fest in meinem Kopf verankert sind.«

»Hast du eigentlich heute noch Kontakt zu Borghild? Oder ist sie irgendwann verschwunden?«

»Als ich aus dem Haus auszog, um hier in diesem Haus deines Onkels zu wohnen, war sie eine Zeit lang weg. Aber sie hat mich auch außerhalb des Hauses erreicht. Als ich nach Norddeutschland zog, um bei meinem Mann zu leben, war sie auch wieder weg. Aber sie hat mich auch dort gefunden. Selten zwar, aber in bestimmten Situationen kam sie wieder.«

»In was für Situationen?«

»Wenn ich in Gefahr war; wenn es mir schlecht ging.«

»Also ist sie eine Art Schutzengel?«

»So würde ich das nicht nennen. Sie kann ja auch ausgesprochen böse sein. Ich denke an verschiedene Unwetter, die sie heraufbeschworen hat. Ja, und ich bin mir ganz sicher, dass sie auch beim Tod einiger Leute ihre Hände im Spiel hatte. Sie ist eher ein unruhiger Geist, der sich nicht von dieser Welt trennen kann, um in eine bessere zu gehen. Manchmal bekomme ich es mit der Angst zu tun. Aber im Grunde ist sie nicht böse. Sie ist so geworden, weil man ihr ganz übel mitgespielt hat. Sie ist nicht damit fertig geworden und kann sich nicht lösen, bevor ihr irdische Gerechtigkeit widerfahren ist. Aber das ist ja nicht mehr möglich.«

»Hast du sie jemals gesehen oder nur ihre Stimme wahrgenommen?«

Regine hatte offenbar Schwierigkeiten, diese Frage zu beantworten. Sie druckste ein bisschen herum und sagte dann ganz vorsichtig: »Ich habe sie, als ich älter wurde, im Keller gesehen. Obwohl es stockfinster war. Später habe ich sie manchmal gesehen, wenn ich die Augen geschlossen hatte. Das kann man nicht als Sehen im eigentlichen Sinn bezeichnen. Es ist mehr ein Wahrnehmen, eine Vorstellung. Aber ich bin felsenfest überzeugt, dass sie genauso aussieht, wie ich sie mit geschlossenen Augen erspüre. Und das ist ja gerade der Punkt. Wenn ich das manchen Leuten erzählt hätte, wäre ich wahrscheinlich irgendwann in der Klapsmühle gelandet.«

Jetzt musste Gretel etwas sagen: »Da kann ich dir dann Gesellschaft leisten. Ich habe auch so meine Erfahrungen mit bestimmten Phänomenen.«

»Jedenfalls hat Borghild auch mitbekommen, was um sie herum geschah«, sagte Regine. »Ich meine, nicht nur in dem Haus, sondern insgesamt in der Welt, die sie kannte, also in unserem kleinen Städtchen. Aus der Nazizeit, als so viel Schlimmes passierte, wusste sie Dinge, von denen ich nie gehört hatte. Zum Beispiel, dass es hier eine Art Entbindungsheim gab, wo unerwünschte Kinder umgebracht wurden. Oder, dass in einem Lager unterhalb des Sparenberges fürchterliche Dinge geschahen. Sie hat alles gesehen. Sie hatte Mitleid mit den Menschen und geriet manchmal in Wut. Es ist gerade so, als ob sie alles Böse um sie herum aufsaugt, aber nichts Gutes. Ich weiß gar nicht, wie ein Wesen so existieren kann, ohne selbst böse zu werden. Und sie hat auch, als ich in Norddeutschland lebte, Anteil an meinem Schicksal genommen. Es gab da mal eine schlimme Situation. Aber darüber will ich jetzt nicht reden. Je älter ich werde und darüber nachdenke, was in meiner Kindheit und Jugend passiert ist, glaube ich, dass ich nicht die Einzige bin, die sie wahrgenommen hat.«

»Wie meinst du das?«, fragte Lilly.

»Ich komme ja aus einer Familie mit ziemlich vielen Verrückten«, sagte Regine, während die beiden anderen lachten.

»Meine Großmutter mütterlicherseits war das, was man ein resolutes Weib nennen würde. Sie gab jedem Kontra, auch ihrem Mann. Die Durchsetzungskraft hatte meine Mutter von ihr. Und meine älteste Schwester war auch so ein Kaliber. Sie soll zehn Jahre lang nicht mit ihrem Mann gesprochen haben. Sie war unglaublich nachtragend. Aber ich schweife ab. Meine Großmutter hat mir erzählt, dass einmal in der Paul-Gerhardt-Kirche >*Geh aus mein Herz und suche Freud*< gesungen wurde. Der Gesang wurde immer lauter. Es war so, als würde er von einer einzigen Stimme ausgehen. Die Leute schauten sich um, woher dies kam, wer so unglaublich laut und zugleich schön sang. Aber offenbar entdeckte niemand diese Person. Es war auf jeden Fall eine Frauenstimme. Schließlich sah meine Großmutter, die damals noch eine junge Frau war, auf der Empore dieses Mädchen. Ein Mädchen wie aus einer anderen Zeit, zerlumpt angezogen, geradezu herzzerreißend singend. Als sie später ihre Familienmitglieder fragte, ob sie denn dieses Mädchen gesehen hätten, das so laut gesungen hatte, schauten sie meine Großmutter nur fragend an. Niemand hatte auf der Empore dieses Mädchen gesehen. Und sie hatte später noch mal ein ähnliches Erlebnis. Der Pastor hielt eine seiner berüchtigten Strafpredigten. Da passierte es, dass plötzlich die Orgel Geräusche machte, völlig unkontrolliert, so als ob der Organist einfach auf die Tasten gehauen hätte. Aber das hatte er natürlich nicht, wie er später dem Pastor lautstark erklärte. Und was soll ich euch sagen? Als sich die Gemeinde aufmachte, die Kirche zu verlassen, sah sie wieder dieses Mädchen auf der Empore stehen. Diesmal hat Großmutter niemandem davon erzählt. Stattdessen haben sich die Leute das Maul zerrissen, was wohl mit dem Organisten los war, der mitten während der Predigt die Orgel malträtiert hatte. Einige lachten und meinten, er sei wohl eingeschlafen und mit dem Kopf auf die Tasten gefallen. Viel später, als Großmutter schon tot war, ging mir auf, dass es sich hier wohl um Borghild gehandelt haben könnte. Ich habe zwar nicht die Durchsetzungskraft meiner Großmutter geerbt, aber vielleicht die sinnliche Wahrnehmung, über die sie zweifellos verfügt hat.«

Es entstand eine Pause, bis Regine weitererzählte: »Ich glaube, auch andere Leute in unserem Haus haben Bekanntschaft mit Borghild gemacht. Nicht so intensiv wie ich. Und offenbar hat auch niemand mit ihr gesprochen. Aber ich denke, man hat sie gesehen. Aber davon ein andermal mehr. Ich kriege das heute nicht mehr alles zusammen.«

Die drei Frauen waren nachdenklich geworden. Lilly und Gretel hätten gern noch mehr erfahren, ließen Regine aber jetzt in Ruhe. Die alte Frau schien erschöpft.

KAPITEL 10

Jörg Kixmüller hatte herumtelefoniert, um für seinen achtundachtzigjährigen Vater eine Pflege- und Haushaltshilfe zu bekommen. Es war niederschmetternd. Er brauchte jemanden, der mit im Haus wohnte. Denn ab und zu musste er mal weg und konnte den alten Herrn nicht allein in diesem Haus am Berg lassen. Er war nicht mehr gut zu Fuß, und wenn er stürzte, wäre er einfach hilflos. Die Arbeitsvermittlungen waren wenig hilfreich. Eine Personalagentur bot ihm an, mehrere Kräfte einzustellen, da niemand rund um die Uhr gebunden sein wollte. Seine Erklärungsversuche, dass vierundzwanzig Stunden Anwesenheit ja nicht vierundzwanzig Stunden Arbeit bedeuteten, nutzten nichts. Schließlich fand er eine Agentur, die ihm eine Kraft aus Polen vermitteln wollte. Es würde aber schon ein paar Wochen dauern. Dann hatte er die Nase voll und nahm übers Internet Kontakt zu einem privaten Vermittler auf, der ganz unkonventionell gegen eine einmalige Gebühr einen Kontakt herstellte. Es meldete sich eine Dame namens Elena, eine Rumänin, die in Berlin wohnte und unbedingt eine Stelle brauchte. Sie war zwar keine gelernte Pflegekraft, hatte aber durchaus Erfahrung in diesem Bereich. Sie verabredeten, dass er sie morgen am Bahnhof in Goslar abholen würde. Nun hatte aber besagte Elena das Glück, eine Stunde später eine gute Stelle in Berlin zu finden. Also rief sie im Hause Kixmüller an, um mitzuteilen, dass sie nicht kommen würde. Allerdings wurde Kixmüller Senior, der das Gespräch annahm, nicht schlau aus dem, was diese Elena ihm mitteilen wollte. Außerdem vergaß er, seinem Sohn von dem Telefonat zu erzählen.

Am nächsten Morgen hatte Alfred Kixmüller starke Rückenschmerzen und wollte von seinem Sohn zum Arzt gebracht werden. Jetzt saß Jörg in der Bredouille. Er musste doch Elena abholen. Haare raufend ging er erst einmal vor die Tür, um eine zu rauchen und sich abzuregen. Es war erst halb acht. Der Arzt öffnete um neun Uhr. Elena sollte kurz nach elf in Goslar ankommen. Also überlegte er, seinen Vater beim Arzt zu lassen, wenn er nicht bis kurz nach zehn fertig war und dann nach Goslar zu fahren. Da kam Fräulein Höschen vorbei, die mit ihrem Hündchen schon einen Spaziergang gemacht hatte.

»Guten Morgen, Jörg. Na, für diese Uhrzeit sehen Sie aber schon ganz schön mitgenommen aus.«

Er erzählte ihr von seinem Problem und sie erinnerte sich, dass sie ihm für die Rettung ihres Computers noch etwas schuldig war.

»Ich mache Ihnen einen Vorschlag. Sie fahren mit Ihrem Vater zum Arzt und ich hole die Dame aus Goslar ab. Wie erkenne ich sie denn?«

»Oh, das würden Sie für mich tun? Ich weiß nicht, wie Sie sie erkennen. Aber sie heißt Elena. Ich hatte schon ein Schild mit ihrem Namen vorbereitet, um es hochzuhalten.«

»Gut, dann geben Sie mir das Schild, ich hole sie ab und liefere sie wohlbehalten bei Ihnen ab.«

Eine junge Frau, die auch Elena hieß, hatte die Nase voll. Wäre sie doch nur nicht nach Deutschland gekommen. Ihr Freund, der schon ein paar Wochen hier war, hatte ihr gesagt, sie würde sicherlich keine Schwierigkeiten haben. Sie sprach halbwegs gut Deutsch und hatte eine Ausbildung als Krankenschwester. Solche Leute würden hier gesucht. Doch mittlerweile hatte sie sich überall beworben – ohne Erfolg. Sie hatte kein Geld mehr. Und auf irgendein Amt zu gehen und zu betteln, war nicht ihre Sache. Sie kannte sich ja auch gar nicht aus. Und warum sollte ihr irgendjemand helfen? Sie war doch selbst schuld. Niemand hatte sie gezwungen, ihre Heimat zu verlassen. Sie würde zurückfahren nach Bulgarien. Ihre Eltern würden zwar enttäuscht sein, wenn sie ärmer nach Hause käme, als sie gegangen war. Aber hier war jetzt alles aus. Das bisschen Geld, das ihr Freund verdiente, reichte nicht für zwei. Das Schlimmste war aber, dass er es auch noch mit einer anderen Frau trieb. Als sie ihn zur Rede stellte, hatte er zuerst gelogen und dann schließlich gesagt, sie solle doch zum Teufel gehen. Also packte sie ihren Koffer und verschwand aus der Unterkunft. Aber was sollte sie jetzt machen? Seit den frühen Morgenstunden schlenderte sie schon durch Goslar. In ihrem Magen rumorte es vor Hunger. Sie hatte heute noch nichts gegessen. Als sie die Auslagen eines Bäckereistandes sah, ließ sie sich zwei Croissants geben. Sie nahm die Tüte und rannte los mit ihrem Rollkoffer. Die Verkäuferin war so perplex, dass sie im ersten Moment gar nicht reagierte.

Dann rief sie: »Halt, hiergeblieben! Sie haben nicht bezahlt.«

Ein Polizist, der in der Nähe war, fragte die Verkäuferin, was los sei. Sie sagte es ihm und deutete auf die Frau, die zwischen den Menschen, ihren Koffer hinter sich her ziehend, verschwand. Er ging schnellen Schrittes hinter ihr her. Da sah er sie kurz, und schon war sie in der Menschenmenge am Bahnhof wieder verschwunden.

Auf dem Bahnsteig setzte sie sich auf eine Bank und verschlang gierig ihre Croissants. Als ein Zug einfuhr, mischte sie sich zwischen die Menschen, die ausstiegen und dem Ausgang zustrebten. Lilly war gerade angekommen und hatte ihren Wagen dreist im Parkverbot abgestellt. Sie stieg aus und hielt das Elena-Pappschild vor sich hin. Als Elena ihren Namen las, schaute sie verdutzt. Lilly bemerkte es und sprach die junge Frau an: »Hallo, sind Sie Elena?«

»Ja«, sagte sie etwas ängstlich und hatte nicht die geringste Ahnung, woher die Frau sie kannte und was sie erwartete.

Lilly öffnete den Kofferraum, und Elena brachte ihr Gepäck dort unter. Dann stiegen die beiden ein, und Lilly fuhr los. Da kam gerade der Polizist aus dem Bahnhof, der Ausschau nach der Diebin gehalten hatte. Er sah noch, wie die Gesuchte in den weißen Passat einstieg, und hastete los. Aber es war zu spät. Immerhin konnte er sich das Kfz-Kennzeichen merken und nahm sein Handy aus der Brusttasche seiner Uniform.

Im Auto fragte Lilly die junge Frau aus. »Jörg sagte mir, Sie kommen aus Rumänien.«

»Nein, ich komme aus Bulgarien.«

Elena hatte keine Ahnung, wer Jörg war. Sie wusste auch nichts von einem Herrn Kixmüller, von dem die alte Dame erzählte. Könnte es sein, dass irgendjemand ihr eine Stelle besorgt hatte, ohne ihr etwas zu sagen? Aber woher wusste diese alte Frau, wo sie zu finden war? Schließlich gab sie es auf, weiter darüber nachzudenken. Sie würde einfach abwarten, was passiert.

Der Polizist hatte als Fahrzeughalterin des weißen Passats eine gewisse Lilly Höschen aus Lautenthal ermittelt. Er telefonierte mit einem der Kollegen, die neulich Lilly Höschen bei der Geschwindigkeitsübertretung erwischt hatten.

»Bei der Flüchtigen handelt es sich wahrscheinlich um eine Illegale. Sie hat aus Hunger geklaut. Vom Äußeren her würde ich sagen: Südosteuropäerin oder Balkan, vielleicht auch aus dem arabischen Raum, dunkelhaarig. Seht zu, dass ihr sie kriegt. Ich lass mich doch nicht verarschen.«

Der Polizist in Lautenthal sagte grinsend zu seinem jungen, blonden Kollegen: »Jetzt fahren wir zu Fräulein Höschen.«

Gretel öffnete die Tür und war erstaunt, zwei Polizisten zu sehen, die sich freundlich vorstellten und nach Fräulein Höschen fragten.

»Fräulein Höschen müsste gleich wieder hier sein. Wollen Sie warten?«

»Ja, gern. Darf ich fragen, wer Sie sind?«, sagte der Ältere.

»Dürfen Sie. Gretel Kuhfuß, ich bin zu Besuch.«

Gretel führte die beiden Herren ins Esszimmer und bot Kaffee an.

»Machen Sie sich keine Umstände.«

»Das macht keine Umstände. Er ist schon fertig.«

Sie holte zwei Tassen, Zucker und Milch und schenkte den Polizisten aus der Isolierkanne ein.

Der junge Blonde nahm drei Löffel Zucker und rührte und rührte ... und rührte, bis Gretel schließlich sagte: »Neulich hat sich ein Mann in Braunlage zu Tode gerührt. Jetzt liegt er auf dem Friedhof. Es wird berichtet, dass man nachmittags zur Kaffeezeit, wenn man an seinem Grab vorbeigeht, das Geklimper des Löffels in der Tasse hören kann.«

Der ältere Polizist fing an zu lachen, während der Jüngere direkt aufhörte zu rühren und rote Ohren bekam. Nach einer Weile des Schweigens fragte der Ältere: »Wo ist Fräulein Höschen denn hin?«

»Ich glaube, sie wollte nach Goslar. Aber fragen Sie mich nicht, warum und wozu. Sie wollte spätestens um zwölf zurück sein, also in fünf Minuten.«

Längeres Schweigen. Dann sagte der Jüngere schließlich: »Tja, jetzt sitzen wir hier untätig herum und warten.«

Der andere verzog gelangweilt die Miene und meinte: »Es nützt nichts, jetzt sind wir nun mal hier. Das ist besser, als noch mal wiederzukommen.« Natürlich hoffte er, diese angeblich illegale Person anzutreffen, damit sich diese Aktion auch auszahlte.

»Tja«, antwortete der junge Blonde, »ich habe in zwei Stunden Dienstschluss und wollte mich heute mal nach einem Italienisch-Kurs umhören.«

Darauf Gretel: »Ich habe eine Bekannte, die gibt einen Kurs *Italienisch für Blonde.*«

Der Ältere fing an zu kichern, während der Jüngere die Stirn runzelte, bis Gretel schließlich sagte: »Das war ein Scherz, meine Herren. Ich versuche nur, Sie etwas aufzubauen in Ihrer Ungeduld.«

Ein kurzes Auflachen des Jüngeren, dann wieder betretenes Schweigen, bis Gretel schließlich sagte: »Wenn es Ihnen zu langweilig ist, könnte man ja etwas machen. Wie wär's mit einem flotten Dreier?«

Die beiden Polizisten sahen sich ungläubig an, starrten dann zu Gretel und drehten ihre Köpfe wieder zueinander. Dann sagte Gretel: »Meine Herren, auch das war ein Scherz.«

Dann brüllten sie los vor Lachen und kriegten sich nicht wieder ein.

Lilly hatte Elena – von den Polizisten unbemerkt – vor dem Nachbarhaus abgesetzt. Jörg kam gerade heraus und begrüßte sie freundlich. Dann hatte sie ihren Wagen in die

Einfahrt gefahren und sich gewundert, dass ein Polizeiauto vor dem Grundstück stand. Als sie das Esszimmer betrat, war sie doch einigermaßen erstaunt, was da los war. Gretel vergnügte sich offenbar köstlich mit zwei Polizisten. Nanu, die beiden kannte sie doch. Mit ihrer durchdringenden Stimme sagte sie: »Na, Sie scheinen sich ja großartig zu amüsieren.«

Erst jetzt bemerkten sie ihre Anwesenheit und standen mit einem Ruck auf. Es fiel dem älteren Polizisten schwer, von ausgelassenem Lachen auf den Ernst des Lebens umzuschalten. Und der Jüngere bekam ein komisches Gefühl in der Magengegend, als er Lilly sah, die ihn neulich abgefertigt hatte wie einen kleinen Rotzbengel. Der Ältere sagte etwas steif: »Oh, guten Tag, Fräulein Höschen. Wir haben einen Hinweis erhalten, dass Sie in Goslar eine verdächtige Person in Ihrem Auto mitgenommen haben.«

»Werde ich neuerdings vom Geheimdienst überwacht?«

»Nicht, dass ich wüsste. Ein Kollege in Goslar hat eine verdächtige Person verfolgt, die zwei Croissants gestohlen haben soll. Und diese Person soll in Ihr Auto eingestiegen sein.«

»Wollen Sie mir allen Ernstes sagen, dass sich die Polizei die Mühe macht, Brötchendiebe zu verfolgen, um dann eine Art Großfahndung zu veranlassen und Ermittlungen in anderen Orten durchzuführen? Sehe ich geistig wirklich so minderbemittelt aus, dass Sie sich erlauben, mir so einen Quatsch erzählen?«

»Nein, natürlich nicht. Aber der Kollege meinte, es könne sich um eine Ausländerin handeln, die keine Aufenthaltsgenehmigung hat. Deshalb möchte ich gern, dass Sie mir sagen, wen Sie da mitgenommen haben.«

»Und ich möchte gern, dass Sie jetzt mein Haus

verlassen. Ich habe es mir abgewöhnt, auf Fragen, die mir zu dumm sind, zu antworten.«

»Aber es ist Ihre Pflicht, uns bei den Ermittlungen zu unterstützen. Unter Umständen haben Sie sich ja strafbar gemacht, wenn Sie einer Person, die sich illegal hier aufhält, geholfen haben.«

»Ich weiß nur, dass ich mich gleich strafbar machen werde, wenn Sie jetzt nicht gehen. Ich habe nämlich das dringende Bedürfnis, Ihnen an die Gurgel zu springen.«

»Immer langsam, Fräulein Höschen. Ich habe Ihnen ganz sachliche Fragen gestellt. Deshalb brauchen Sie mir nicht ans Bein zu pinkeln.«

»Keine Angst, das wäre mir von der Anatomie her etwas zu mühselig. Wenn ich etwas Derartiges vorhätte, würde ich Ihnen lieber einen Pinkelpott über den Kopf kippen.«

Jetzt schaltete sich Gretel ein: »Lilly, ich denke, die Herren wollen sich jetzt verabschieden.«

Die beiden Polizisten verließen schleunigst das Haus. Als sie im Auto saßen, sagte der Ältere: »Ich habe es gewusst. Wenn man sich mit dieser alten Fregatte anlegt, ist man hoffnungslos verloren. Ich rufe jetzt den Kollegen in Goslar an und sag ihm, dass er mich am Arsch lecken kann. Wie kommt der überhaupt auf so eine blöde Idee?«

Im Nachbarhaus zeigte Jörg Elena die Räumlichkeiten. Für sie waren zwei Zimmer mit Bad bestimmt, alles wunderschön eingerichtet. Sie konnte überhaupt nicht begreifen, was hier geschah. Wie kam dieser nette, junge Mann auf die Idee, sie einzustellen? Sie hatte sich doch gar nicht um diese Stelle beworben. Oder hatte die Arbeitsagentur ihre Finger im Spiel und vergessen, ihr Bescheid zu geben? Egal, jetzt war sie hier. Dann lernte sie den alten

Herrn kennen, um den sie sich kümmern sollte. Wirklich ein sehr freundlicher Mensch. Abgesehen davon, dass er nicht so gut zu Fuß war, sah er nicht gerade gebrechlich aus. Ihn zu betreuen, war sicherlich kein Problem. Als Jörg ihr einen Arbeitsvertrag gab und sie die Summe sah, die sie pro Monat erhalten sollte, gingen ihr die Augen über. So viel konnte sie in Bulgarien in einem halben Jahr nicht verdienen.

Dann läutete es an der Tür, und herein kam Lilly Höschen. Sie erzählte Jörg, was sie eben mit den Polizisten erlebt hatte.

»Das ist absoluter Quatsch, Fräulein Höschen. Elena ist EU-Bürgerin. Sie hat mir ihren Ausweis gezeigt wegen des Arbeitsvertrages. Ich melde sie morgen an, damit sie unfall- und krankenversichert ist und die Steuer entrichtet werden kann. Das ist alles völlig legal. Zurzeit schnappen einige Leute über. Hinter jedem Ausländer wird ein illegaler Asylant vermutet.«

»Genau so ist es, Jörg. Ich denke, Sie haben mit Elena einen guten Fang gemacht. Sie scheint eine ganz patente junge Frau zu sein.«

»Ja, ich bin wirklich sehr froh. Eigentlich sollte sie aus Rumänien kommen. Aber vielleicht habe ich mich auch vertan, oder die Vermittlung in Berlin hat kurzfristig umdisponiert. Das ist mir auch egal. Ich lasse Elena nicht mehr weg. Mein Vater scheint auch Gefallen an ihr gefunden zu haben. Sie unterhält sich gerade mit ihm über seine Essgewohnheiten. Anscheinend kann sie auch noch kochen. Das wäre natürlich spitzenmäßig.«

KAPITEL 11

Am nächsten Tag war das Wetter frühsommerlich schön. Nicht so schwül-heiß wie an manchen Hochsommertagen, sondern angenehm warm nach diesem langen Winter und dem zu kühlen Frühling. Die umliegenden Berge waren ein Meer aus verschiedenen Grüntönen. Der Blick von Lillys Grundstück war traumhaft. Und so entschlossen sich Gretel und Lilly, einen ausgedehnten Spaziergang mit Umwegen zu Regines Haus zu machen. Als sie dort eintrafen, sagte Lilly: »Ich hatte eigentlich gehofft, heute mal deinen neuen Mitbewohner kennenzulernen.«

»Ach, als er hörte, dass ich Besuch bekomme, hat er sich gedacht, er könne mal freinehmen, da ich ja euch als Gesellschaft habe.«

»Na, das ist auch wieder wahr. Und du kommst gut mit ihm klar?«

»Oh ja, keine Probleme. Er sorgt gut für mich.«

»Na, das ist ja prima. Meinst du, dass du die Geschichte von Borghild heute weitererzählen kannst?«

»Wenn ich fertig werden will, bevor ich sterbe, wird mir wohl nichts anderes übrig bleiben. Ich bin ja nicht mehr die Jüngste.«

Borghild wartete auf ihren Prozess. Sie wusste nicht, wie lange. Aber die Tage und Nächte schienen ihr endlos. Zwischendurch kamen immer mal Gefangene für ein paar Tage oder auch nur ein paar Stunden zu ihr. Aber für diese Leute musste auch nicht extra ein Richter aus Wolfenbüttel kommen. Die einfachen Fälle, bei denen es für die Angeklagten nicht um Leben und Tod ging, wurden vom hiesigen Richter behandelt. Besonders schlimm war die Behandlung durch den Stockmann, der keine Gelegenheit ausließ, böswillige Bemerkungen zu machen oder, wenn ihm danach zumute war, einfach mit dem Stock auf die Leute einzuschlagen. Borghild hatte in ihrem ganzen Leben noch keinen Menschen so gehasst wie diesen Mann. Nicht mal ihr Vergewaltiger war so niederträchtig und schlecht.

Dann war es soweit. Sie wurde in einen Gerichtssaal geführt. Dort saß der Richter mit zwei Schöffen an dem großen Tisch. An einem kleinen Extratisch saß der Kommissar, der sie mehrere Tage lang verhört hatte. An einem Pult stand ein Gerichtsschreiber. Und die Tür wurde von einem Büttel bewacht, damit nur eintrat, wer vom Richter gerufen wurde. Der Kommissar las vor, was ihr vorgeworfen wurde. Borghild traute ihren Ohren nicht. Da war die Rede von ihrem unzüchtigen, verführerischen Verhalten, welches dazu geführt habe, dass sie schwanger wurde. Und um die Schande zu verhindern, habe sie ihre Schwangerschaft geheim gehalten und sich dann direkt nach der Niederkunft des Kindes durch Tötung entledigt. Der Richter, ein Mann mit breitem, wohlgenährten Gesicht, schaute Borghild ernst an und fragte sie, ob das, was verlesen wurde, richtig sei.

Nein, natürlich war das nicht richtig. Sie hatte sich nicht unzüchtig verhalten, sondern der Pochsteiger hatte sie brutal vergewaltigt. Sie wollte das nicht, konnte sich aber nicht wehren. Der Richter schaute grimmig drein und meinte, dass dieser Mann aber etwas ganz anderes gesagt habe. Außerdem solle er nicht der Einzige gewesen sein, den sie an sich herangelassen habe. Borghild konnte nur beteuern, dass das nicht stimme. Daraufhin wurde der Pochsteiger als Zeuge in den Gerichtssaal gerufen. Er würdigte Borghild keines Blickes. Der Richter schaute in dem dicken Stapel Unterlagen nach und verlas, was er bei der Vernehmung durch den Kommissar gesagt hatte. Dann fragte er, ob dies auch der Wahrheit entspreche. Und der Pochsteiger verteidigte seine Aussage und führte blumenreich aus, dass man den Blicken und Nachstellungen des jungen Mädchens gar nicht habe entkommen können. Wenn sie mit nackten Beinen im Wasser gestanden habe, den Rock hochgebunden, dann hätte sie ihm keck ins Gesicht gesehen. Das sei auch anderen Männern so ergangen. Und an dem bewussten Tag habe sie im Wald gelegen und sich lustvoll gerekelt. Da hätte er gar nicht anders können. Und sie habe es zugelassen und offenbar Lust dabei empfunden.

Borghild hatte entsetzt gerufen, dass das nicht wahr sei. Aber offenbar schenkte der Richter ihr keine Beachtung. Der Pochsteiger wurde entlassen und es kam zu weiteren Vorhaltungen. Warum sie sich denn angesichts ihres Zustandes nicht ihren Eltern anvertraut habe. Und warum sie das Kind allein im Verborgenen zur Welt gebracht habe. Das sei doch ein Indiz dafür, dass sie nie vorgehabt habe, das Kind mit nach Hause zu bringen. Sie habe von vornherein geplant, das Neugeborene zu töten und zu verscharren. Und nur durch die Tatsache, dass gerade Feierabend gewesen war und ein paar Leute sie deshalb auf dem Heimweg im Wald entdeckt haben, sei ihre Missetat aufgespürt worden. Nein, nein, nein, das stimme alles nicht, rief Borghild immer wieder. Daraufhin forderte sie der Richter auf, genau zu schildern, wie die Geburt vor sich gegangen sei. Aber sie hatte die größten Schwierigkeiten, die richtigen Worte zu finden. Und es ging alles durcheinander. Ihre Erinnerung ließ sie im Stich. Als sie dann erzählte, dass sie offenbar ohnmächtig gewesen sei, schaute der Richter nach links und rechts, um einen mitleidigen Blick mit den Schöffen zu wechseln. Dann beendete er die Verhandlung für diesen Tag und kündigte an, morgen, wenn noch nötig, weitere Zeugen zu rufen. Völlig erschöpft wurde Borghild zurück in den Keller geführt. Dort quälte sie der Stockmann mit der blumenreichen Ausmalung der Qualen, die ihr noch bevorstünden. Nach dem heutigen Tag hatte sie die Hoffnung aufgegeben, jemals wieder zurück nach Hause zu kommen. Ihre Eltern und Geschwister würde sie nie wiedersehen.

Als Borghild am nächsten Tag in das Gerichtszimmer geführt wurde, war jeder Schimmer von Zuversicht von ihr gewichen. Es wurden noch zwei Frauen als Zeuginnen gerufen, die sie gefunden hatten, als sie im Wald neben ihrem toten Neugeborenen gelegen hatte. Diese konnten aber nichts beitragen, was sie be- oder entlastete. Sie ergingen sich nur in Jammertiraden, wie schrecklich dieser Anblick gewesen sei. Als dann als letzte Zeugin Borghilds Mutter aufgerufen wurde, versetzte dies dem Mädchen einen Stich ins Herz. Damit hatte sie nicht gerechnet. Sie sah so elend aus, dass Borghild zweimal hinsehen musste, um ihre eigene Mutter zu erkennen. Diese brach dann beim Anblick ihrer Tochter auch sofort in Tränen aus. Der Richter forderte mit seiner strengen Stimme dazu auf, sich zu beruhigen und fragte die Zeugin, ob sie denn gar nicht gemerkt habe, dass ihre Tochter schwanger gewesen sei.

Völlig entsetzt rief diese laut: »Nein! Wenn ich das gewusst hätte, wäre doch alles anders gekommen. Ich hätte gern die Schande auf mich genommen, wenn ich dieses Unglück hätte verhindern können. Ich hätte mich um sie gekümmert.« Dann ging sie ganz nah an den Tisch heran und beschwor den Richter: »Herr, Sie müssen mir glauben. Meine Tochter ist ein gutes Mädchen. Sie hat doch nicht ihr eigenes Kind getötet. Sie müssen Sie bitte, bitte gehen lassen.«

Während dieser Worte weinte Borghild herzzerreißend. Auch die Aussage dieser Zeugin war für das Gericht nicht wirklich ergiebig. Dass eine Mutter um das Leben ihres Kindes flehte, war normal. Er entließ die Frau, die noch einen letzten Blick auf ihre Tochter warf und anschließend aus dem Zimmer geführt wurde. Dann verkündete der Richter, dass man sich nun zur Beratung zurückziehen werde. Die Verhandlung werde morgen mit der Verkündung des Urteils fortgesetzt.

Regine lehnte sich in ihrem Sessel zurück und sagte: »Ich glaube, ich habe heute keine Kraft mehr, weiterzuerzählen. Ich sehe das alles vor mir, eigentlich noch deutlicher als damals, als Borghild es mir anvertraute. Aber ich werde euch den Rest auch noch berichten, damit ich es endlich loswerde, nur eben nicht heute.«

Auf dem Heimweg waren die beiden Frauen ausgesprochen wortkarg und nachdenklich. Wie konnte es sein, dass die alte Regine so genau die Geschehnisse schilderte, die sich vor mehr als zweihundert Jahren zugetragen hatten? Sie hatte alles so lebensnah erzählt, als ob sie dabei gewesen wäre. Es war einfach nicht möglich, dass sie sich diese Geschichte ausgedacht hatte. Lilly war völlig in Gedanken versunken. Sie musste Regine fragen, was mit dieser Borghild heute los war. Spukte sie etwa immer noch als Geist herum, der keine Ruhe findet? Konnte sie jederzeit Kontakt zu ihr aufnehmen? Hatte sie etwa Einfluss auf die diesseitige Welt? Regine hatte ja erzählt, dass Borghild Unwetter heraufbeschwören konnte und vermutet, dass sie Menschen in den Tod getrieben hatte. Das waren aber Dinge, an die Lilly nicht glauben wollte. Sie war ein relativ rational denkender Mensch, obwohl man bestimmte Dinge, die nicht in die Realität passten, nicht einfach leugnen konnte. Sie hatte ja selbst einige verrückte Sachen erlebt. Da gab es dieses Gemälde ihres verstorbenen Freundes Ferdinand, das sich wie von Geisterhand veränderte, um den Tod eines Menschen anzukündigen.

»Es ist doch alles total verrückt«, sagte Gretel plötzlich, und Lilly bekam einen riesigen Schreck, weil sie die Anwesenheit ihrer Freundin, die neben ihr ging, völlig vergessen hatte.

»Gretel, willst du mich umbringen? Ich war so in Gedanken vertieft, dass ich mich jetzt wahnsinnig erschrocken habe.«

»Man wird dich doch noch anreden dürfen, Lilly. Du bist doch sonst nicht so schreckhaft wie eine alte Jungfer, auch wenn du eine alte Jungfer bist.«

Die beiden Frauen gingen in ein scherzhaftes Geplauder über und schoben das, was Regine ihnen heute berichtet hatte, erst einmal beiseite. In den nächsten Tagen würden sie mehr erfahren.

Als sie bei Lillys Haus ankamen, waren beide ziemlich außer Atem. Der Anstieg hatte es in sich. Das nächste Mal würde Lilly wieder den Wagen nehmen. Als sie sich einigermaßen erholt hatten, schellte es an der Tür. Lilly betätigte den Türöffner, weil sie keine Lust hatte, noch einmal die Treppe hinunterzugehen. Es war Jörg, der Computerretter, der jetzt die Treppe heraufkam. Lilly lächelte ihn an und bat ihn ins Wohnzimmer. Sie mochte diesen jungen Mann.

»Na, Jörg, was führt Sie zu mir?«

»Fräulein Höschen, ich wollte nur sagen, dass ich vorhin etwas Merkwürdiges beobachtet habe.«

»Aha. Na, raus mit der Sprache.«

»Ganz oben hinter Ihrem Gartenzaun, wo der Wald beginnt, hat sich jemand zu schaffen gemacht. Offenbar hat er etwas gesucht. Dann hat er in Ihren Garten geschaut. Das kam mir ganz merkwürdig vor. Er hat auch gebuddelt. Nachdem ich ihn entdeckt hatte, war er bestimmt noch eine halbe Stunde zugange. Ich weiß nicht, wie lange er schon da war.«

Lilly dachte nach, und plötzlich fiel ihr die Schaufensterpuppe ein, die die beiden Sauschläger-Kinder dort neulich gefunden hatten. Sie traten hinaus und Jörg zeigte Lilly die Stelle, wo der Typ gewesen war. Tatsächlich, das war der Bereich, wo die beiden Kinder die Puppe entdeckt hatten.

»Die Entfernung von unserem Haus zu der Stelle ist ja ziemlich groß. Deshalb konnte ich nicht richtig erkennen, wer es war. Aber ..., tja, ich habe so ein komisches Gefühl.«

»Raus mit der Sprache.«

»Im ersten Moment dachte ich, es sei Heiner.«

»Ach, Sie meinen Heiner Stockmann, den Verflossenen Ihrer Mutter?«

»Ja, aber wie gesagt, ich konnte es nicht genau erkennen. Außerdem war er ja auch überwiegend von Bäumen und Sträuchern verdeckt.«

»Haben Sie denn seit seinem Auszug mal wieder was von ihm gehört?«

»Nichts. Absolut nichts. Wer weiß, wo der jetzt steckt? Wahrscheinlich hat er sich aus dem Staub gemacht, weil hier nichts mehr für ihn zu holen ist. Er ist sowieso ein komischer Typ. Zuerst war er lieb und nett und hilfsbereit. Dann hat er einen immer größeren Bedarf an Geld gehabt. Und mein alter Herr hatte keine Lust mehr, ihm immer mehr zu geben als vereinbart. Und dann kam noch die Sache mit dem Testament. Also, ich bin froh, dass wir jetzt Elena haben. Sie bringt regelrecht Sonnenschein in unsere Männerwirtschaft.«

»Na, das freut mich für Sie.«

KAPITEL 12

Für die Sauschläger-Kinder war das Grundstück der Familie auf der einen Seite ein Paradies. Es war hier so abgeschottet und von Wald und Wiesen umrahmt, dass praktisch nichts passieren konnte, außer man fiel beim Klettern vom Baum. Auf der anderen Seite konnte es hier auch langweilig sein. Es war einfach zu weit außerhalb gelegen, als dass andere Kinder aus dem Ort zum Spielen hierherkamen. Außerdem, wer die Sauschlägers kannte, war froh, wenn ihre Kinder keinen Kontakt zu dieser Familie hatten. Tim und Yvonne, die beiden Jüngsten, spielten auf dem weitläufigen Grundstück. Irgendwie war ihnen heute besonders langweilig. Da kam das achtjährige Mädchen auf die Idee, Chirurgin zu spielen. Als ihr Bruder sich weigerte, der Patient zu sein, fiel ihr die Schaufensterpuppe ein. Also ging sie mit Tim in den halb zerfallenen Schuppen und holte die Puppe, die sie dort versteckt hatten. Sie legten sie auf den großen Gartentisch, und ihr Bruder besorgte die chirurgischen Instrumente: ein Cutter-Messer, einen Fuchsschwanz, ein paar Zangen und Schraubendreher. Dann holte Yvonne aus dem Haus noch eine Packung Watte, eine Rolle Heftpflaster, eine Sprühflasche Sagrotan und die Nachtcreme der Mutter. Als Ärztekittel dienten die weißen Bademäntel der Eltern, in denen die Kinder fast versanken. Nun konnte die Operation beginnen. Nachdem

Yvonne die Puppe großzügig mit Sagrotan desinfiziert hatte, machte sich Tim mit dem Cutter-Messer daran, ihr den Bauch aufzuschneiden, was sich als zu schwierig erwies. Da fiel ihm die elektrische Stichsäge des Vaters ein. Das war zwar auch sehr mühselig, aber es funktionierte. Yvonne reichte der Schnitt noch nicht, sodass sie versuchte, diesen mit dem Fuchsschwanz zu verlängern, was allerdings nicht recht gelingen wollte. Dann steckte sie ihren Arm in das Innere, um zu ertasten, was da eventuell heraus musste. Aber ärgerlicherweise war die Patientin hohl. Daraufhin beschlossen die Nachwuchsärzte, dass die Beschwerden der Patientin wohl eine andere Ursache haben müssten. Sie amputierten mithilfe der Stichsäge ein Bein. Und hier wurden sie auch fündig. Bei genauer Betrachtung fanden sie im Inneren des Beines ein gut verklebtes Päckchen. Also, heraus damit. Mit der Rolle Heftpflaster befestigten sie das Bein wieder notdürftig am Körper. Das hielt nicht recht. Also musste das Packband her. Sie benötigten mehrere Meter davon, um das Bein wieder halbwegs zu fixieren. Und auch den aufgeschnittenen Bauch verklebten sie gut. Alles ordentlich mit Ritas sauteurer Nachtcreme eingerieben, war die Operation ein voller Erfolg. Sie brachten die Patientin zurück in den Stall und legten ihre Ärztekittel ab. Dann beschäftigten sie sich mit dem Päckchen, das sie dem Bein der Puppe entnommen hatten. Es war gut verklebt, aber kein Problem für das Cutter-Messer. Vom Inhalt des Päckchens waren sie entzückt. Da waren Colliers, goldene Ketten, Ringe mit Edelsteinen, Armbänder und als Krönung ein mit glitzernden Steinen besetztes Diadem. Die Kinder waren entzückt und fingen auch gleich an, sich nach genauer Betrachtung diverse Schmuckstücke umzuhängen. Als die Perserkatze angeschlichen kam, legte Tim ihr ein wunderschönes Diamantarmband um den Hals. Es passte hervorragend zum Fell. Auch der Husky sollte nicht zu kurz kommen. Er ließ es sich gern gefallen, dass Yvonne ihm eine wertvolle Halskette umlegte. Dazu noch zwei diamantene Ohrclips und als Krönung das Diadem, das ihn zum König machte. Tim musste hier allerdings mit dem restlichen Heftpflaster nachhelfen, damit es nicht abfiel.

Am Abend rief Rita Sauschläger bei Lilly an und erzählte, was es mit der Schaufensterpuppe auf sich hatte: »De Katz left mitm Brilliantarmband rum und dar Hunne trächt Ohrclips und ne Krone, die bestimmt fuffzichtausend Euro kostet.«

»Rita, jetzt mal ganz langsam. Erzähl von Anfang an.«

Dann erzählte sie die Geschichte, dass ihre Kinder die Puppe auseinandergenommen und darin wertvollen Schmuck gefunden hatten.

»Ich denke, das ist ein Fall für die Polizei.«

»Bolesei? Mit die will ich nüscht zu tun ham.«

»Ach, Rita, du brauchst doch keine Angst zu haben. Ihr habt den Schmuck nicht gestohlen, sondern gefunden. Und da gibt es sicherlich jemanden, der sich freut, ihn wiederzubekommen. Bestimmt gibt es dafür auch noch eine Belohnung.«

»De Bolesei fraacht än n Loch im Marsch und zum Schluss sin mir noch de Verbracher.«

»Ich mache dir einen Vorschlag. Ich komme übermorgen mit Gretel zu euch. Dann können wir alles in Ruhe besprechen. Morgen kann ich nicht, weil ich mit meiner alten Freundin Regine verabredet bin.«

Lilly holte Regine am nächsten Vormittag mit ihrem weißen Passat ab. Gretel war mit Kochen beschäftigt. Heute gab es Ochsenzunge. Als die drei Frauen vor dem

Mittagessen in Lillys Wohnzimmer saßen, musste Regine erst einmal etwas loswerden.

»Also, gestern ist etwas Merkwürdiges passiert. Ich habe euch ja von meinem neuen Betreuer erzählt. Er ist wirklich ein netter Kerl, der sich sehr um mich bemüht. Aber irgendetwas stimmt nicht mit ihm.«

»Nanu«, sagte Lilly, »ist er vielleicht ein entlaufener Verbrecher?«

»Nein, soweit würde ich nicht gehen. Aber er ist etwas menschenscheu. Er verkriecht sich im Haus, als ob er Angst hätte, jemand könnte ihn entdecken. Und gestern klingelt es an der Tür. Ich saß im Wohnzimmer und bekam mit, was da ablief. Ich hörte zwei fremde Männerstimmen, die sehr bestimmt auf ihn einredeten. Dann nahm er die beiden mit nach oben in sein Zimmer. Und ich hörte es dann oben rumpeln.«

»Rumpeln?«

»Ja. Es war so, als ob es da oben zu einer Auseinandersetzung gekommen wäre. Auch die Stimmen konnte ich hören. Da meine Ohren ja nicht mehr so gut sind, müssen sie schon gebrüllt haben. Als sie dann weg waren, rief ich ihn zu mir ins Wohnzimmer, und er hielt sich die Nase. Er hatte auch eine Schwellung am Auge. Die beiden haben ihn mit Sicherheit geschlagen.«

»Na, das ist ja ein Ding. Hast du ihn gefragt, was los war?«

»Natürlich. Aber er hat abgewiegelt und gesagt, dass er gestürzt sei. Ich habe ihm natürlich nicht geglaubt. Ich bin überzeugt, dass die beiden Kerle ihn verprügelt haben. Also, irgendwas stimmt da nicht.«

»Regine, so geht das nicht. Am Ende bringt er dich noch in Gefahr. Ich möchte den Herrn unbedingt kennenlernen. Wenn ich dich nachher nach Hause bringe, werde ich ihn mir mal zur Brust nehmen.«

Als das Essen fertig war, tischte Gretel auf. Sie war einfach eine begnadete Köchin. Lilly und Regine genossen es, sich von ihr verwöhnen zu lassen. Regine kannte sich aus. Sie hatte ihr Leben lang für andere gekocht. Nach dem Essen setzte man sich wieder in die gemütlichen Sessel und schaute nach draußen in den heute etwas trüben Tag. Regine war klar, dass sie nun weiter erzählen musste. Nicht nur, weil ihre Freundinnen es von ihr erwarteten, sondern auch, weil sie endlich loswerden wollte, was sie ein Leben lang mit sich trug.

Als Borghild am nächsten Tag wieder in den Gerichtssaal geführt wurde, wusste sie, was nun kommen würde. Sie stand in der Mitte des Raumes, als der Richter und seine Beisitzer hereinkamen und Platz nahmen. Dann schaute er sie an und sagte: »Borghild, Tochter des Bergmanns Adalbert Hansmann, das Hohe Gericht des Fürstentums verurteilt dich wegen Mordes an deinem eigenen Kind zum Tode durch Enthauptung.«

Was der Richter noch alles sagte, bekam Borghild gar nicht mehr mit. Die Welt war über ihr zusammengebrochen. Irgendwann fand sie sich im Keller wieder. Das Geschwafel des Stockmanns hörte sie gar nicht. Ihre Gedanken kreisten um ihre Eltern, die sie nie wiedersehen würde. Und welche Schande mussten sie wegen ihr ertragen? Sie hoffte nur, dass Eltern und Geschwister nicht zur Hinrichtung kommen würden. Sie sollten die größte Schmach, die man ihrer Tochter antun konnte, nicht miterleben. Auch ihre Geschwister nicht. Die Leute würden sie beschimpfen und anspucken.

Ein paar Tage später, es war ein Samstag, kam der Stockmann in Borghilds Verlies. »Es ist soweit, Mädchen. Heute ist dein großer Tag. Dein letztes Stündlein hat geschlagen. Bald bist du einen Kopf kürzer.«

Dann nahm er ihr die Kette ab, die sie um den Hals trug. Daran hing ein kleines Medaillon aus Kupfer, das Jesus darstellte, wie er übers Wasser ging. Nichts Wertvolles. Aber es war das Wertvollste, was ihr ihre Eltern je schenken konnten. Sie hing daran und wollte danach greifen. Aber der Stockmann sagte: »Das brauchst du jetzt nicht mehr. Ich werde es deinen Eltern geben, damit sie ein Andenken an dich haben.«

Es brach ihr fast das Herz, sich von diesem letzten Stückchen, das sie noch mit ihren Eltern verbunden hatte, trennen zu müssen. Wie betäubt erklomm sie die steile Kellertreppe. Dort wartete der Pastor auf sie. Mit todernstem Gesicht sprach er von Reue und Vergebung. Sie solle niederknien und beten. Sie tat es, brachte aber kein richtiges Gebet zustande. Stattdessen kam heulend aus ihr heraus: »Ich habe mein Kind nicht umgebracht.«

Ungehalten redete der Pastor auf sie ein: »Damit lässt du tatsächlich die letzte Möglichkeit aus, Vergebung zu erlangen. Du wirst in ungeweihter Erde begraben, und am Jüngsten Tag wird über dich Gericht gehalten werden. Bereue oder deine Seele ist für immer verloren!«

Borghild bekam kaum noch mit, was mit ihr geschah. Der Büttel legte ihr einen Strick um ihre Handfesseln und zog sie aus dem Haus heraus, vor dem sich bereits etliche Leute versammelt hatten. Vor ihr gingen zwei weitere Büttel und hinter ihr der Stockmann. Der Marktplatz war voller Menschen, die eine Gasse bildeten, durch die sie geführt wurde. Dann bog man links in eine Straße ein, die ebenfalls von Schaulustigen gesäumt war. Borghild hatte das Gefühl, dass durch die ganze Stadt ein Raunen ging, das nur wenige Male durch lautes Brüllen gestört wurde. Ein paar Leute riefen *Mörderin* oder Verwünschungen. Etliche Menschen schlossen sich an und folgten ihnen, weil sie natürlich das

Schauspiel der Hinrichtung miterleben wollten. Zweimal brach Borghild zusammen und musste von zwei Bütteln wieder aufgerichtet werden. Der Weg schien endlos. Als sie dann den Platz vor dem Schacht erreichten, machte die inzwischen auf sicherlich fünfhundert Menschen angewachsene Menge halt. Viele Leute hatten sich hier schon vorher versammelt, um dem Schauspiel beizuwohnen. So etwas gab es ja nicht alle Tage. Auf einer aus Balken und Brettern zusammen gezimmerten Erhöhung stand ein Stuhl, massiv wie ein Thron. Borghild überlegte, wer darauf wohl sitzen würde. Vielleicht der Richter oder der Bürgermeister? Zu ihrer großen Verwunderung wurde sie selbst auf diesen Stuhl bugsiert. Ihre Handgelenke wurden an den Armlehnen festgeschnallt, ihre Beine an den Stuhlbeinen und ihr Oberkörper an der Rückenlehne. Der etwas abseits stehende Pastor betete inbrünstig in sich hinein.

Da hinten, in der Menschenmenge, erblickte Borghild ihre Mutter, die sich die zu Fäusten geballten Hände vors Gesicht hielt und plötzlich die Arme in die Luft schwang, schreiend, flehend, man möge doch ihr unschuldiges Kind gehen lassen. Borghild versetzte dieses Bild einen weiteren Stich ins Herz. Sie schloss die Augen und fing an zu singen:

Geh aus mein Herz und suche Freud
in dieser lieben Sommerzeit
an deines Gottes Gaben:
Schau an der schönen Gärten Zier,
und siehe wie sie dir und mir
sich ausgeschmücket haben,
sich ausgeschmücket haben.

Die Menschenmenge wurde mucksmäuschenstill. Der Pastor starrte Borghild an. Borghilds Mutter, die mittlerweile ganz vorn in der ersten Reihe stand, faltete die Hände, während ihr die Tränen liefen. Das Mädchen sang unverdrossen weiter. Ihre Stimme wurde immer klarer.

Die Bäume stehen voller Laub.
Das Erdreich decket seinen Staub
mit einem grünen Kleide.
Narcissus und die Tulipan,
die ziehen sich viel schöner an
als Salomonis Seide,
als Salomonis Seide.

Die Lerche schwingt sich in die Luft.
Das Täublein fliegt aus seiner Kluft
und macht sich in die Wälder.
Die hochbegabte Nachtigall
ergötzt und füllt mit ihrem Schall
Berg, Hügel Tal und Felder,
Berg, Hügel, Tal und Felder.

Die Glucke führt ihr Völklein aus.
Der Storch baut und bewohnt sein Haus.
Das Schwälblein speist die Jungen…

Plötzlich ein Zwischenruf: »Anfangen! Schluss mit der Singerei!«

Der Mann, der das gerufen hatte, fing sich böse Blicke ein und war sofort wieder still, während Borghild unverdrossen weitersang:

Welch hohe Lust, welch heller Schein
wird wohl in Christi Garten sein?

Wie muss es da wohl klingen?
Da so viel tausend Seraphim
mit unverdrossnem Mund und Stimm
Ihr Alleluja singen,
ihr Alleluja singen.

Nun nickte der Amtmann dem Scharfrichter zu, der hinter Borghild mit seinem Schwert Position bezogen hatte.

O wär ich da, o stünd ich schon
auch süßer Gott vor deinem Thron
Und trüge...............

Als der Scharfrichter mit größter Konzentration ausholte, ging ein lauter Schrei durch die Menge. Alle Zuschauer brachten gleichzeitig ihr Entsetzen zum Ausdruck. Es dauerte nur eine Sekunde, dann rollte Borghilds Kopf von dem Holzplateau auf die Erde. Plötzlich ein Schreien und Kreischen in der Menschenmenge. Einige Leute verließen fluchtartig den Platz. Es entstand ein großes Durcheinander. Da, wo eben noch die Stimme des Mädchens in dieser unwirklichen Atmosphäre Gottes herrliche Welt gepriesen hatte, brachen sich nun Entsetzen, Schauder und Verzweiflung Bahn. Manch einer wünschte sich, dies nicht miterlebt zu haben.

Lilly und Gretel waren von der Schilderung sehr mitgenommen. Mit ihrer altershohen Stimme hatte Regine das Kirchenlied leise gesungen. Der Text war etwas anders als der, der in heutigen Gesangbüchern steht. Lilly deutete dies als Zeichen für die Echtheit von Regines Erlebnis und fragte: »Als Borghild dir dies erzählt hat, hat sie da auch gesungen?«

»Ja, Lilly, das hat sie. Sie hat dieses Lied noch oft gesungen, wenn sie bei mir war. Ich glaube, es ist für sie so etwas wie ein Trostspender. Es steht im Gegensatz zu ihren bösen Wesenszügen, die sie ja auch hat.«

»Und warum ist ihr Geist in diesem Keller?«

»Sie weiß nicht, dass sie tot ist. Ich glaube, das geht den meisten Verstorbenen so. Trotzdem können sie loslassen und sich ins Licht begeben. Aber Borghild ist unversöhnt mit der Welt. Ich denke, sie wartet immer noch darauf, dass das Unrecht, das ihr geschehen ist, von ihr genommen wird. Und sie ist ja auch nicht allein in diesem, äh, nennen wir es Zwischenreich. Da sind auch noch andere, die unversöhnt sind mit Gott und der Welt. Offenbar hat sie von denen gelernt.«

»Was gelernt?«

»Zum Beispiel, wie man in unsere Welt eingreifen kann. Ich hatte ja schon erzählt, dass sie in der Lage ist, Unwetter heraufzubeschwören oder Menschen in den Tod zu treiben. Einige Zeit nach der Hinrichtung hat sie sich an diesem Stockmann gerächt. Er stürzte die Kellertreppe hinunter.«

»Das verstehe ich jetzt nicht«, mischte sich nun Gretel ein, »als sie starb, war sie doch ein unschuldiges, gutmütiges Mädchen. Bis zur letzten Sekunde ihres Lebens hat sie von der Herrlichkeit Gottes gesungen. Wie konnte sie denn als Geist so viel Hass und Rachsucht entwickeln?«

Regine dachte einen Moment nach und sagte dann: »Diese Frage habe ich ihr auch gestellt. Und sie hat mir gesagt, dass um sie herum das Böse sei. Und sie habe von ihm gelernt, dass man sich wehren müsse.«

»Es ist kein sehr gutes Gefühl, dass wir offenbar von Geistwesen umgeben sind, die uns etwas Böses antun können.«

»Ach, Gretel, die Menschen in unserer Welt können uns viel Schlimmeres antun. Ich glaube heute, dass Borghild eine Gefangene zwischen den Welten ist. Ihre Seele kann sich einfach nicht von dieser Welt trennen. Noch nicht. Irgendwann wird auch sie den Weg gehen, der für uns alle bestimmt ist.«

»Ja. Oder man geht in die entgegengesetzte Richtung, geradewegs in die Hölle, falls es so etwas gibt.«

»Gretel, ich glaube eher, die Hölle befindet sich hier auf Erden. Und man bleibt so lange in der Hölle, bis man von dieser Erde loskommt.«

»Das ist ja gruselig.«

Nun sagte Lilly: »Regine, meinst du, du könntest wieder Kontakt zu ihr aufnehmen?«

Die Angesprochene schaute Lilly ernst an und erwiderte: »Ich denke schon. Es sei denn, sie hat sich endlich gelöst. Allerdings habe ich eine gewisse Scheu davor, weil theoretisch auch passieren könnte, dass ich nicht mit ihr Kontakt bekomme, sondern mit anderen aus diesem Zwischenreich. Ich weiß zum Beispiel, dass sich auch der Scharfrichter, der Mann, der ihr den Kopf abgeschlagen hat, in dieser Sphäre befindet.«

»Das ist ja ein Ding«, brachte Gretel heraus. »Hat sie dir das erzählt?«

»Ja. Und komischerweise hegt sie keinen Groll gegen ihn. Er scheint eine ebenso gebeutelte arme Seele zu sein wie Borghild. Offenbar ist dieses Zwischenreich, wie ich es nenne, voll mit Menschen, die sich noch nicht von ihrem irdischen Leben trennen können, um in die Reinheit des Lichts zu gehen. Mir macht das Angst. Wisst ihr, ich hatte euch ja erzählt, dass ich nicht die Einzige bin, die solche Begegnungen hat. Von dem, was meine Großmutter in der Kirche erlebt hat, habe ich ja schon erzählt. Aber als mein

Bruder Albert ein junger Mann war, ich war damals dreizehn, kam er eines Tages in die Wohnung, mit einem Gesichtsausdruck, als ob er einem Geist begegnet wäre, wie man so sagt. Und er war tatsächlich einem Geist begegnet. Wir beide waren allein zu Hause. Ich saß in der Küche, als Albert hereinkam und mich fassungslos anstarrte. Ich fragte ihn natürlich, was los sei. Aber er antwortete nicht, sondern ging ins Wohnzimmer und blickte aus dem Fenster. Nach einiger Zeit kam mir der Gedanke, dass es mit Borghild zu tun haben könnte. Ich ging ihm also nach und fragte, ob er ein Mädchen gesehen habe. Da brach er zusammen und erzählte mir unter Tränen, dass er im mittleren Hausflur einen Mann mit einem Schwert gesehen habe, der versucht habe, einem Mädchen den abgeschlagenen Kopf aufzusetzen. Albert war völlig außer sich. Ich erzählte ihm von Borghild, aber er wollte es nicht hören. Nach einiger Zeit hatte er sich beruhigt. Und was soll ich euch sagen: Er hat nie wieder ein Wort darüber verloren. Offenbar wollte er es nicht wahrhaben. Das passte einfach nicht in seine Welt. Ich denke, er hat das Erlebnis vollkommen aus seiner Erinnerung verdrängt. Kurz danach wurde er zum Militär eingezogen. Ein paar Jahre später begann der Krieg. Wir haben uns nur noch selten gesehen, bis wir 1941 die Nachricht von seinem Tod erhielten. Dabei hätte ich mir so sehr gewünscht, mit ihm darüber reden zu können.«

Nachdem Lilly Regine nach Hause gebracht hatte, kam sie noch mit ins Wohnzimmer. Sie wollte sich ja diesen Pfleger ansehen. Er war nicht da. Aber nach zehn Minuten wurde die Haustür geöffnet. Dann steckte er den Kopf zur Wohnzimmertür herein und war erstaunt, Lilly hier zu sehen. Lilly war aber noch mehr erstaunt und sagte: »Nanu,

Herr Stockmann! Sie sind also der mysteriöse Pfleger meiner Freundin Regine.«

»Oh, Fräulein Höschen, ich wusste nicht, dass Sie sich kennen.«

»Ich kenne fast jeden in diesem Ort. Vielleicht setzen Sie sich einen Moment zu uns.«

Heiner Stockmann nahm Platz, während Regine etwas irritiert schaute, weil Lilly ihren neuen Helfer kannte. Deshalb erklärte diese ihrer Freundin: »Regine, du musst wissen, dass Herr Stockmann für kurze Zeit mein Nachbar war.«

»Komisch«, sagte die alte Frau, »ich habe bisher gar nicht zur Kenntnis genommen, dass Sie Stockmann heißen. Ich rede Sie ja immer mit Heiner an.«

Jetzt sah auch Lilly den Zusammenhang zwischen dem Stockmann aus Borghilds Erzählung und diesem Mann.

»Ich stamme aus einer alten Lautenthaler Familie. Den Namen gibt es hier wohl seit Jahrhunderten.«

»Ja, das denke ich mir«, entgegnete Lilly und fügte für sich gedanklich hinzu, dass dieser wohl aus einer alten Linie von Gefängniswärtern stamme. Stattdessen sagte sie: »Nun gut, dann weiß ich ja meine alte Freundin Regine in guten Händen.«

»Darauf können Sie sich verlassen, Fräulein Höschen.«

Und Regine, die etwas nachdenklich geworden war, fügte hinzu: »Heiner ist ganz lieb zu mir.«

Lilly musste unwillkürlich an den Vorfall im Garten denken, als dieser Mann den alten Herrn Kixmüller angebrüllt hatte. Sie würde ein Auge auf diesen Stockmann haben.

KAPITEL 13

Als Lilly nach Hause kam, erzählte sie Gretel natürlich, wer Regines neuer Pfleger war. Erstaunt zog diese die Augenbrauen hoch.

»Na, das ist ja ein Ding. Den alten Kixmüller brüllt er an, weil er ihn nicht im Testament bedacht hat. Dann haut er ab, weil offenbar nichts zu holen ist. Und jetzt arbeitet er für Regine? Hoffentlich hat sie sich da keine Laus in den Pelz gesetzt.«

»Darauf werde ich schon achten«, sagte Lilly. »Mir waren die neuen Nachbarn von Anfang an nicht ganz geheuer. Der alte Kixmüller ist zwar jähzornig, aber im Grunde ein feiner Kerl. Und Jörg ist ja nun ein ganz Lieber. Außerdem sieht er gut aus.«

»Ja«, gab Gretel zurück, »vor allem unten rum.«

»Wie meinst du das, Gretel? Hast du ihn etwa nackt gesehen?«

»Er war vorhin mit einer Turnhose bekleidet draußen. Was du schon wieder denkst. Und so was ist nun fünfundachtzig. So ein geiles altes Stück.«

Gretels drastische Ausdruckweise war für Lilly immer wieder ein Quell der Heiterkeit. Schließlich kamen beide überein, dass man ein Auge auf Regine und ihren Betreuer haben würde. Dann läutete es an der Haustür. Lilly drückte auf den Türöffner und herein kam Heiner Stockmann. Als er die Treppe hochkam, fragte Lilly verwundert: »Nanu, Herr Stockmann, hat Regine etwas bei mir vergessen?«

»Nein, ich wollte mit Ihnen reden. Unter vier Augen.«

Gretel, die das mitbekommen hatte, verzog sich in die Küche, während Lilly sich mit Stockmann an den Esstisch setzte.

»Jetzt bin ich aber mal gespannt. Schießen Sie los.«

Stockmann druckste etwas herum und sagte dann schließlich: »Ich vermisse etwas.«

»Wenn Sie mir sagen, was, dann kann ich Ihnen vielleicht suchen helfen.«

»Ich hatte oben hinter Ihrem Gartenzaun etwas vergraben, und jetzt ist es weg.«

»Was hatten Sie denn dort vergraben?«

»Das kann ich Ihnen nicht sagen.«

»Dann kann ich Ihnen auch nicht helfen.«

»Haben Sie vielleicht gesehen, dass sich dort jemand zu schaffen gemacht hat? Es wäre wirklich außerordentlich wichtig. Wenn ich es nicht wiederfinde, bin ich in größter Gefahr. Überlegen Sie doch mal.«

»Herr Stockmann, sollten Sie nicht besser zur Polizei gehen?«

»Nein!« Dieses *Nein* kam wie aus der Pistole geschossen und bestätigte Lilly, dass er der Mann war, den Jörg vorgestern hinter ihrem Grundstück gesehen hatte. Welcher normale Mensch versteckt wertvollen Schmuck in einer Schaufensterpuppe und verbuddelt diese dann im Wald? Das konnte doch nur bedeuten, dass dieser Schmuck nicht bei ihm gefunden werden durfte. Es war völlig klar, dass Stockmann in kriminelle Machenschaften verstrickt war.

»Herr Stockmann, Sie sind vorgestern beobachtet worden, als Sie in dem Bereich hinter meinem Garten etwas gesucht haben.«

»Von wem? Sie waren doch bei Regine.«

Das hätte sie lieber nicht sagen sollen. Jetzt wusste er, dass es nur Jörg sein konnte, der ihn gesehen hatte. Diese Stelle konnte nur von ihrem Haus und dem der Kixmüllers eingesehen werden.

»Ich werde Ihnen nicht sagen, wer Sie beobachtet hat. Nur eines sollten Sie wissen: Wenn Sie durch Ihre Machenschaften meine alte Freundin Regine in Gefahr bringen oder ängstigen, dann kriegen Sie es mit mir zu tun. Sie hat nämlich sehr wohl mitbekommen, dass Sie sich in ihrem Haus mit zwei Männern geprügelt haben.«

»Ich habe mich nicht geprügelt, ich wurde geprügelt. Und zwar, weil ich denen nicht das geben konnte, was ich dort oben versteckt hatte.«

»Herr Stockmann, wenn mich jemand verprügeln würde und ich könnte mich nicht wehren, dann ginge ich zur Polizei. Die Tatsache, dass Sie dies nicht tun, kann doch nur bedeuten, dass Sie in kriminelle Machenschaften verstrickt sind.«

»Ich bin kein Krimineller, Fräulein Höschen. Ich bin nur in etwas hineingeraten, aus dem ich so leicht nicht wieder rauskomme.«

»Und wenn Sie das, was Ihnen abhandengekommen ist, nicht wiederfinden, dann lassen Sie sich wieder verprügeln? Oder umbringen?«

»Ich muss es einfach wiederhaben.«

»Wie soll das gehen? Es spielen manchmal auch Kinder in der Gegend. Und wenn die etwas Interessantes finden, das da herumliegt, dann nehmen sie es mit.«

»Was für Kinder?«

»Das weiß ich doch nicht. Irgendwelche Kinder halt.«

»Fräulein Höschen, Sie wissen doch etwas.«

»Wenn ich etwas in Bezug auf Kinder wüsste, würde

ich es Ihnen bestimmt nicht sagen. Außerdem habe ich keine Lust mehr, mir den Mund fusselig zu reden und den Hintern breitzusitzen, um mit Ihnen zu diskutieren. Offenbar sind Sie unbelehrbar. Und das ist für eine alte Lehrerin ziemlich unerträglich.«

Reichlich geknickt verließ Stockmann Lillys Haus. Statt wegzufahren, ging er zum Nachbarhaus und wurde von Jörg eingelassen. Lilly beobachtete aus dem Fenster, wie er etwa eine Viertelstunde später das Haus wieder verließ und dann zu seinem Auto ging. Ein paar Minuten später stand Jörg vor Lillys Tür. Sie und Gretel platzten vor Neugier, was der junge Mann ihnen zu erzählen hatte.

Am Esstisch, an dem die Drei Platz nahmen, legte er auch gleich los: »Er hat Sie also auch ausgefragt. Irgendwie muss er Dreck am Stecken haben. Ich weiß nur nicht, was genau es ist.«

»Ich schon«, sagte Lilly schmunzelnd.

»Was?«

»Als ich neulich Besuch hatte, haben die Kinder in dem Waldstück eine Schaufensterpuppe gefunden.«

»Eine Schaufensterpuppe? Ich werd' verrückt.«

»Wieso? Hatte er so ein Ding?«

»Ja. Seine Mutter hatte einen Laden, und aus irgendwelchen nostalgischen Gründen hat er diese alberne Puppe aufgehoben. Ich wusste allerdings nicht, dass er auch noch mit ihr in unser Haus eingezogen war. Aber was ist an dieser blöden Puppe so wichtig? Und warum hat er sie vergraben und sucht jetzt danach?«

Lilly genoss ihr Wissen und spannte Jörg mit ihrem Schweigen auf die Folter. Da legte Gretel los: »Mein Gott, Lilly, nun mach' es doch nicht so spannend. Der arme Junge platzt ja gleich vor Neugier. Der Kerl hatte wertvollen Schmuck in der Puppe versteckt.«

»Schmuck? Und wo ist der jetzt?«

»Bei den Kindern«, sagte Lilly. »Sie haben der Puppe ein Bein amputiert und darin ein Päckchen gefunden. Ich hätte am liebsten gleich die Polizei informiert. Aber die Eltern der beiden Kinder sind Freunde von mir, und ich wollte nicht über deren Kopf hinweg entscheiden. Das sollen sie selber tun. Wir treffen uns morgen mit ihnen, um die Sache zu besprechen.«

»Das ist ja ein Ding. Wo kann denn Heiner wertvollen Schmuck herhaben, um ihn dann im Wald zu verstecken? Das stinkt doch zum Himmel. Also, irgendwas stimmt nicht mit dem. Er hatte in letzter Zeit einen immer größeren Bedarf an Geld. Deshalb gab es ja auch Zankereien zwischen ihm und meinem Vater. Und jetzt das. Das kann nur eines bedeuten: Er spielt wieder.«

»Sie meinen, er ist spielsüchtig?«

»Ja. Eigentlich hatte er es überwunden. Er war in Therapie. Ich frage mich natürlich, woher der Schmuck stammt. Er kann ja nur gestohlen sein.«

»Offenbar hat er sich mit zwei üblen Gesellen eingelassen, die ihn vorgestern verprügelt haben.«

»Auch das noch. Jetzt, wo Sie es sagen, fällt mir ein, dass er ein ganz schönes Veilchen hatte, als er vorhin bei mir war. Sagen Sie, Fräulein Höschen, ob ich Sie wohl morgen zu Ihren Freunden begleiten könnte?«

KAPITEL 14

Heiner Stockmann war mit seinen Nerven am Ende. Er hatte sich mit diesen beiden Typen eingelassen, die das Ding bei dem Juwelier drehen wollten. Er brauchte unbedingt Geld. Sein Part bei der Aktion war klein gewesen. Er hatte ja auch keine Erfahrung. Aber er musste die Beute verstecken, weil die beiden anderen keine unbeschriebenen Blätter waren. Außerdem waren sie dumm wie Brot. Also nahm er das Zeug an sich und versteckte es in der Schaufensterpuppe. Aber es hatte ihn einfach um den Schlaf gebracht. Wenn die Ermittler ihm nun doch auf die Spur kämen und die Klunker bei ihm fänden, würde er in den Knast wandern. Also nahm er diese verdammte Puppe in der ersten Nacht im neuen Haus und vergrub sie hinter dem Grundstück. Und jetzt sollte er die Ware in Holland abliefern, um sie zu Geld zu machen. Aber die Puppe war nicht mehr da. Die beiden Typen waren sehr ungemütlich. Wenn er den Kram nicht bald wieder an Land zog, würden sie ihn wahrscheinlich kalt machen. Und wenn sie es nicht täten, dann waren da noch die anderen Kerle, bei denen er in der Kreide stand. Er musste also unbedingt den Schmuck zurückhaben, um diesen zu Geld zu machen. Dazu gab es keine Alternative. Es sei denn, Regine könnte ihm unter die Arme greifen. Sie war fünfundneunzig! Höchste Zeit, abzutreten. Familie hatte sie nicht. Wer sollte sie beerben? In ihren Unterlagen hatte er gesehen, dass sie nicht gerade arm war. Dazu kam noch das Haus. Wer sollte das denn erben? Vielleicht diese alte Saatkrähe Lilly Höschen, die sowieso mehr hatte, als sie jemals würde ausgeben können? Das Blöde war nur, dass er Regine erst so kurz kannte. Da konnte er nicht mit der Tür ins Haus fallen und sie auf ein Testament ansprechen. Aber er musste sich etwas einfallen lassen.

Als er seinen Wagen in Regines Einfahrt parkte, standen die beiden Kerle schon wieder da. Er musste in ihr Auto einsteigen, und sie fuhren ein Stück Richtung Seesen. Oben am Sternplatz, wo es stockfinster war, hielten sie an. Er befürchtete das Schlimmste. Jürgen, der Große, der mit seinem Schlafzimmerblick wie ein Vollidiot aussah, wollte wissen, was nun sei. Er erzählte ihnen, dass er vermute, diese Lilly hätte da ihre Finger im Spiel. Auf jeden Fall müsse sie wissen, wo die Klunker jetzt seien.

»Dann nehmen wir eben diese Alte auseinander. Es kann ja wohl nicht so schwer sein, aus einem alten Weib herauszukriegen, was sie mit unserem Schmuck gemacht hat«, sagte Emil, der ungeduldige Wicht, dem er sein Veilchen zu verdanken hatte.

»Immer langsam«, sagte Jürgen. »Wenn wir gewalttätig werden, können wir ganz schnell auffliegen. Am besten, wir überwachen die Alte erst mal. Vielleicht führt sie uns ja zu der Ware. Und wenn nicht, dann können wir ihr immer noch einen Besuch abstatten. Und wenn wir den Kram haben, müssen wir ganz schnell verschwinden.«

»Quatsch!«, brüllte Emil, »wir schnappen uns die Schrulle und holen es aus ihr heraus. Gebt mir fünf Minuten und ich weiß, was los ist. Danach können wir sie von mir aus in die Talsperre schmeißen, als Fischfutter.«

»Halt dein Maul«, antwortete Jürgen ganz ruhig. »Wir machen es so, wie ich gesagt habe. Ab morgen früh wird die Alte überwacht. Wenn sie das Haus verlässt, fahren wir ihr hinterher. Und in der Zwischenzeit nimmt sich Heiner die Bude vor und sucht nach dem Schmuck.

Heiner Stockmann wollte protestieren, dass er doch nicht einfach einbrechen könne. Aber hätte er jetzt den Schwanz eingezogen, würde Emil, dieser Giftzwerg, ihm wahrscheinlich das nächste blaue Auge hauen.

Als er wieder in Regines Haus war, schaute er noch einmal nach der alten Dame und fragte, ob er sie fürs Schlafengehen fertigmachen solle.

»Ja, Heiner. Das wäre nett. Es ist spät geworden.«

Sie mochte diesen Mann und spürte, dass er Kummer hatte. Als sie im Bett lag, sagte sie zu ihm: »Heiner, wenn Sie irgendwelche Sorgen haben, erzählen Sie mir davon.«

»Oh, vielleicht später einmal, Regine. Jetzt schlafen Sie erst mal gut.«

Diese Reaktion Regines hatte ihm gut getan. Vielleicht konnte er es wagen, ihr doch bald von seinen Nöten zu berichten. Und möglicherweise würde sie ihm tatsächlich helfen.

KAPITEL 15

In dieser Nacht hatte Regine nach vielen Jahren wieder eine Begegnung mit Borghild. Sie wurde wach, weil jemand ihren Namen sagte. Nachdem sie Licht eingeschaltet, sich aufgerichtet und auf die Bettkante gesetzt hatte, saß diese ihr gegenüber.

»Warum hast du mich gerufen, Borghild? Ich hatte schon gehofft, dass du den Weg ins Licht gefunden hast.«

»Wie kann ich diesen Weg finden, wenn hier alles noch unerledigt ist? Es ist so viel Böses geschehen. Und es passiert immer mehr Böses.«

»Aber Borghild, das Böse wird es immer geben. Du musst dich davon lösen.«

»Das kann ich nicht. Ich muss es bekämpfen. Ich habe viel Kraft gesammelt und viele Andere gefunden, die es auch bekämpfen wollen. Wir werden diesen ganzen schrecklichen Ort vernichten. Das Böse ist sogar unter deinem Dach. Der Mann, der sich hier eingenistet hat, trägt mein Medaillon, das mir der Stockmann abgenommen hat. Er hat gesagt, dass er es meinen Eltern gibt. Aber er hat es behalten. Und jetzt trägt es dieser Kerl. Er ist die Brut von diesem Stockmann und von dir. Ich kann es nicht ertragen.«

Regine wusste nicht, wie sie Borghild besänftigen konnte, und sagte ihr noch einmal, dass sie alles Irdische hinter sich lassen solle. Aber zur Antwort bekam sie: »Zuerst muss das Böse durch das Böse vernichtet werden.« Dann war sie verschwunden und Regine hatte Schwierigkeiten, wieder Schlaf zu finden.

Als Heiner am nächsten Morgen Regines Zimmer betrat, lächelte er sie freundlich an und erkundigte sich, ob sie eine gute Nacht gehabt habe.

»Naja, ich bin wach geworden und konnte nicht mehr gut einschlafen.«

»Ich mache Ihnen ein schönes Frühstück, Regine. Danach sieht die Welt schon wieder ganz anders aus.«

Heiner hatte den runden Esstisch schön gedeckt und sogar ein Sträußchen Blumen aus dem Garten darauf platziert.

»Ach, Heiner, ich bin froh, dass ich Sie habe. Aber verwöhnen Sie mich nicht all zu sehr. Ich muss ja selbst noch etwas beweglich bleiben.«

»Wir sollten jeden Tag einen kleinen Spaziergang machen.«

»Ja, gerne. Wenn Sie mir Ihren starken Arm zur Verfügung stellen, fühle ich mich sicher.«

Nach einer Weile sagte Regine: »Heiner, ich bin ja von Natur aus neugierig. Darf ich Sie um etwas bitten?«

»Ja, natürlich. Raus mit der Sprache.«

»Ich sehe, dass Sie eine Kette um den Hals tragen. Würden Sie mir mal zeigen, was daran hängt?«

»Gern.« Er holte ein kupfernes Medaillon heraus und Regine fragte: »Ich kann es nicht so gut erkennen. Sagen Sie mir, um was für eine Darstellung es sich handelt?«

»Das ist Jesus, der übers Wasser geht. Meine Mutter hatte es. Und ich glaube, sie hatte es von ihrer Schwiegermutter. Es muss sehr alt sein. Der materielle Wert und auch die künstlerische Darstellung sind nichts Besonderes. Aber ich hänge daran.«

»Das glaube ich.«

Also war alles, was letzte Nacht geschehen war, real. Sie hatte nicht an der Anwesenheit Borghilds gezweifelt. Aber dass sie gewusst hatte, dass Heiner ihr Medaillon trug, war ihr unheimlich. Dass er die *Brut*, wie sie sich ausdrückte, dieses fürchterlichen Mannes war, der sie einst so schlecht behandelt hatte, brannte ihr auf der Seele. Ob sie damit recht hatte, dass Heiner zu den Bösen gehörte? Sie konnte es sich nicht vorstellen. Außerdem hatte Borghild ihre eigene Vorstellung von Gut und Böse.

Gretel fing kurz nach dem Frühstück an zu backen. Wenn sie den Sauschlägers schon auf die Pelle rückten, wollte sie wenigstens für das leibliche Wohl sorgen. Sie hatten verabredet, dass Jörg, dessen Vater und Elena mitkommen sollten. Den Sauschlägers war es recht. Auf ihr großes, abgelegenes Grundstück verirrten sich nur selten Leute, da ihr Bekanntenkreis überschaubar war. Gleich nach dem Mittagessen sollte es losgehen.

Lilly wollte Gretels Geschäftigkeit in der Küche nicht stören. Wenn sie anbot, mitzuhelfen, bekam sie sowieso nur patzige Antworten. So war Gretel nun mal. Also machte Lilly einen Rundgang im Garten. Wahrscheinlich waren es die vielen Stufen bis hoch zur Sitzecke, die sie so mobil hielten. Von der anderen Seite des Zauns kam der alte Herr Kixmüller auf sie zu und grüßte freundlich, als gerade ein großer Schwarm Krähen lautstark über sie hinweg flog.

»Nun sieh sich einer diese vielen Vögel an. Die sind wohl alle auf der Suche nach etwas Essbarem für ihren Nachwuchs«, sagte Lilly.

»Haben Sie Probleme mit Vögeln?«, fragte Kixmüller grinsend.

Lilly hatte schon mitbekommen, dass er gern versuchte, Frauen mit seinen anzüglichen Bemerkungen aus der Fassung zu bringen und antwortete daher: »Weder mit Vögeln noch mit den gefiederten Freunden.«

Der Mann kicherte und fragte dann: »So, und heute Nachmittag machen wir also einen gemeinsamen Ausflug?«

»Ja, wir wollen doch mal sehen, was wir da herausfinden. Offenbar steckt der Nachfolger Ihrer Verflossenen in einer undurchsichtigen Sache drin.«

»Tja, warum meine Frau den geheiratet hat, ist mir ein Rätsel. Wahrscheinlich stimmt die These, dass Frauen auf Arschlöcher stehen.«

»War das auch der Grund, warum sie Sie geheiratet hat?«

»Sie sind vielleicht ein schlagfertiges Luder. Mit Ihnen wird es nie langweilig. Wenn Sie zwanzig Jahre jünger wären, würde ich glatt überlegen, Ihnen ein Antrag zu machen.«

»Den hätte ich abgelehnt. Ich nehme doch keinen alten Mann mit Krückstock. Für mich soll's rote Rosen regnen.«

»Ja, am besten mit Blumenvasen. So, jetzt sind wir quitt.«

Schmunzelnd nahmen beide ihren Weg nach unten.

Als Heiner am späten Vormittag Besorgungen für das Mittagessen machte, rief Regine bei Lilly an.

»Lilly, stell dir vor, vergangene Nacht war Borghild hier.«

»Das ist ja ein Ding, Regine. Hast du dich um den Kontakt bemüht oder kam sie von sich aus?«

»Sie hat mich gerufen. Dadurch bin ich wach geworden. Wahrscheinlich hat sie gespürt, dass ich mich in letzter Zeit so sehr mit ihr beschäftigt habe. Und sie hat mir erzählt, dass sie bald alles Böse vernichten will. Ich kann es jetzt nicht so genau wiedergeben. Sie hat es ja auch nicht genau gesagt, aber sie hat etwas vor. Ich habe dir ja erzählt, was alles passiert ist. Unwetter, Todesfälle. Jetzt scheint sie etwas viel Größeres vorzuhaben. Und sie sei nicht allein, hat sie gesagt. Und Heiner sei die Brut des Stockmanns, der sie einst gequält hat. Er würde auch ihr Medaillon tragen, das man ihr damals vor der Hinrichtung abgenommen hatte. Und was soll ich dir sagen?«

Es sprudelte nur so heraus aus der alten Frau. Lilly war so gespannt, dass sie nur sagte: »Erzähl es mir, Regine.«

»Ich habe vorhin Heiner gebeten, mir mal den Anhänger der Kette zu zeigen, die er um den Hals trägt. Und tatsächlich ist das ein kupfernes Teil, das Jesus darstellt, wie er übers Wasser geht. Genauso, wie Borghild es beschrieben hat.«

»Das ist ja unwahrscheinlich, Regine. Ich bekomme doch tatsächlich Gänsehaut. Kann ich dich denn überhaupt mit diesem Heiner alleinlassen?«

»Lilly, er ist ganz lieb zu mir. Ich kann mir nicht vorstellen, dass er irgendetwas Böses im Schilde führt. Und Borghild muss ja auch nicht recht haben mit allem, was sie sagt.«

Lilly sagte, dass sie morgen wieder bei ihr vorbeischauen würde, war aber doch etwas beunruhigt.

KAPITEL 16

Der vierzehnjährige Kevin war eine Ausnahmeerscheinung in der Sauschläger-Familie. Er war der Erste und bisher Einzige in der gesamten Sippe, der das Gymnasium besuchte. Und dies durchaus mit Erfolg. Die drei älteren Geschwister hatten ihre Eltern schon stolz gemacht, indem sie den Hauptschulabschluss geschafft hatten, was ihnen selbst nicht vergönnt gewesen war. Und bei den beiden Kleinen konnte man noch nicht absehen, wohin der Weg sie führen würde. Auf Kevin aber waren Rita und Hannes Sauschläger stolz wie Bolle. Sie hatten sich schon den Kopf zermartert, wo der Junge das herhaben könnte. Aber es fiel ihnen absolut niemand in der Familie ein, der auch nur ansatzweise so wissbegierig und fleißig war wie Kevin. Dabei waren die ersten Grundschuljahre für ihn schwierig gewesen, weil er kein Hochdeutsch beherrschte. Aber er lernte es, wie andere sich in dem Alter Fremdsprachen aneignen. Und auf mathematisch-technischem Gebiet konnte ihm ohnehin niemand etwas vormachen. Sein Englisch war durch seine vielfältigen Kontakte im Internet so gut, dass er seinen Lehrer gelegentlich darüber informieren musste, dass dieser keine Ahnung von der aktuellen Entwicklung dieser Sprache habe. Nach der letzten Zeugnisausgabe sprach er ihm gar die Fähigkeit ab, seine Leistung zu bewerten. Er hatte nur eine Zwei bekommen.

Neben den schulischen Belangen, die er mit links bewältigte, hatte er vielfältige Interessen. Sein Hauptaugenmerk, ja seine Leidenschaft, lag von früher Kindheit an im Bereich der Zauberei. Nachdem er sich intensiv mit der Materie beschäftigt und alle billigen bis mittelmäßigen Tricks entlarvt hatte, befasste er sich seit zwei Jahren intensiv mit der Hohen Schule des Zauberns. Für ihn waren Siegfried und Roy und andere Größen des Showgeschäfts Scharlatane. Wenn er einem Meister etwas abgewinnen konnte, dann dem großen Houdini, bei dem man nie wusste, ob er sich der Entfesselungskunst, des Spiritismus oder der Naturwissenschaften bedient hatte.

Ein Jahr lang hatte er fast täglich an seiner Umziehmaschine herumgeklügelt. Es handelte sich um einen großen Kasten von jeweils zwei Metern Höhe und Länge und einem Meter Breite. An den Längsenden war jeweils eine alte Drehtür angebracht, wie man sie für Dunkelkammern benutzt. Da es aufgrund der digitalen Fotografie heutzutage kaum noch Dunkelkammern gab und viele Fotografen diese abgeschafft hatten, war er kostenlos an diese einst sehr teuren Türen herangekommen. Die eigentliche Arbeit bestand gar nicht in den technisch-handwerklichen Abläufen, sondern im Austüfteln der Vorgänge, die im Inneren passieren mussten. Das hatte nicht nur mit Technik, sondern auch mit Psychologie zu tun. Nach unzähligen Selbstversuchen, bei denen die Familienmitglieder schon lange nicht mehr zugeschaut hatten, weil es einfach zu langweilig war, hatte er endlich den gewünschten Effekt erzielt. Nun konnte er der Maschine seine Opfer zuführen. Er wusste auch schon, wer den Anfang machen sollte.

Am Vortag hatte sein zweitältester Bruder, Marcel, zwanzig Jahre alt und in seinen Augen ein Arsch mit

Ohren, ihn verprügelt. Die beiden waren ohnehin wie Feuer und Wasser. Es verging kein Tag, an dem sie sich nicht irgendwelche Grobheiten oder Fäkalausdrücke an den Kopf warfen. Gestern nun war Marcel mal wieder mit seiner neuen Freundin hier aufgekreuzt. Alle fanden sie toll. Für Kevin hingegen war sie das reinste Brechmittel. Sie hatte einen Busen, der aussah, als käme er aus Silicon Valley, eine Frisur wie eine Barbiepuppe, und wenn sie lächelte, hatte sie gefühlte tausend Zähne in der Fresse, wie er sich seinem Bruder gegenüber ausdrückte. Außerdem war sie so doof, dass es ihr nichts ausmachte, von allen Barbie genannt zu werden. Um seinen Unmut zum Ausdruck zu bringen und seinem großen Bruder mal wieder eine reinzuwürgen, hatte er in dessen Zimmer ein Mikrofon installiert und mit einem Lausprecher verbunden, der auf einem Baum auf dem Sauschlägerschen Grundstück platziert war. Das Wetter war schön. Es kam selten vor, dass mal alle zu Hause waren. Aber heute war es so. Die Eltern beschlossen, den warmen Tag zu genießen und draußen Kaffee zu trinken. Rita, Hannes und fünf ihrer Kinder besiedelten also die Terrasse. Nur Marcel ging mit seiner Freundin ins Haus. Nach einiger Zeit ging es los mit den Geräuschen. Den vulgären Ausdrücken des Bruders folgten nicht minder ordinäre Floskeln von Barbie. Rita sah ihren Mann mit offenem Mund an. Die Kinder brachen in Gelächter aus und Hannes brüllte: »Was isn das für ne Scheiße?«

Dann ging es rund. Liebesgesäusel einschließlich Stöhnen und Schreien. Der Lautsprecher potenzierte jeden Ton. Hannes brüllte: »Ich bepiss mich vor Lachen!«

Auch Rita, die zunächst peinlich berührt war, konnte sich nicht mehr halten. Die ganze Familie grölte lauthals. Aus dem Lautsprecher tönte Barbies Stimme: »Mach weiter, mach weiter, du Mustang!«

Dann Marcels entsetzte Stimme: »Was ist das?« – Ruhe.

Marcels Fenster öffnete sich. Entsetzt sah er, wie sich seine Familie vor Lachen krümmte. Die achtjährige Yvonne rief: »Mach weiter, mach weiter, du Mustang!«

Und die Lachsalven begannen von vorn.

Ein paar Minuten später kam Marcel, notdürftig angezogen, heruntergerannt und stürzte sich auf seinen Bruder Kevin. Noch ehe der Vater Marcel packen konnte, hatte Kevin sich bereits ein paar Hiebe eingefangen. Für Marcel war vollkommen klar, dass nur er auf solche Ideen kommen konnte. Nach einer halben Stunde hatten sich alle wieder abgeregt. Marcel hatte sich sogar dafür entschuldigt, dass er seinem kleinen Bruder die Nase blutig gehauen hatte.

Heute nun hatte Kevin seine Umziehmaschine auf der Terrasse aufgebaut. Barbie war auch wieder da. Sie war die Einzige, die noch eine gewisse Neugier entwickelte, was es mit dem Kasten auf sich hatte.

»Du kannst sie ausprobieren. Sie ist jetzt fertig«, sagte Kevin. »Du gehst da vorne rein und da hinten wieder raus. Alles andere passiert wie von Geisterhand. Aber wahrscheinlich traust du dich nicht. Marcel ist ja auch zu feige.«

»Du kleiner Pisser!«, gab dieser zurück.

Schließlich ging Barbie durch die Drehtür, und nach ein paar Sekunden hörte man aus dem Inneren ihr Gekreische. Jetzt war Marcel alarmiert und stürmte hinterher. Dann kreischten beide und brüllten unverständliches Zeug. Zuerst kam Barbie zur hinteren Drehtür heraus, bekleidet mit Marcels T-Shirt. Seine Jeans hingen ihr über die Schultern. Dann kam Marcel, bekleidet mit Barbies Rock. Der Oberkörper war nackt. Die Sauschläger-Eltern und ihre Kinder brüllten vor Lachen. Und ein souverän dreinschauender Kevin sagte: »Experiment fast gelungen. Ich muss nur noch an den Feinheiten arbeiten.«

Dann fing Barbie an zu lachen und zeigte ihre unzähligen Zähne. Jetzt konnte sich auch Marcel nicht zurückhalten und brach in Gelächter aus. Sein Bruder war zwar bekloppt, aber er hatte wirklich was drauf. Vielleicht konnte er sich die Maschine ja mal ausleihen, als Partygag.

Heute am frühen Nachmittag wurden Lilly und Gretel sowie Lillys neue Nachbarn erwartet, um die Sache mit dem Schmuck zu besprechen. Um vierzehn Uhr fuhren Rita und Hannes noch mal los, um ein paar Besorgungen zu machen. Barbie, die hier offenbar eingezogen war, ohne dass es jemand bemerkt hatte, wurde beauftragt, den Besuch hereinzulassen, falls die Eltern nicht rechtzeitig zurück waren. Auf die Frage, wer denn alles kommen würde, sagte Hannes: »Zwei alde Weiber und noch örgnd son anneres Gesocks. Is egal, lass alle rein. Geb se was tu trinken oder mach n Bauchtanz. Mir komme balle zurück.«

Marcel und die beiden anderen Großen waren arbeiten, Kevin und die beiden Kleinen zu Hause. Barbie fühlte sich also, solange die Eltern weg waren, als Herrin des Hauses. Kaum war das Ehepaar Sauschläger weg, kamen auch schon zwei Autos vorgefahren. Ein drittes Auto, das den beiden gefolgt war, hatten die Besucher nicht wahrgenommen. Es fuhr nur bis an den Rand des Sauschlägerschen Grundstücks und blieb am Wald stehen. Die beiden Männer schlichen sich unbemerkt durch das Gebüsch bis zu einer Position, von der aus sie das Wohnhaus, in dem alle verschwanden, gut im Blick hatten.

Barbie stellte sich als Freundin der Familie, insbesondere als Freundin von Marcel, vor und bat alle ins Wohnzimmer. Lilly und Gretel nahmen auf dem unbequemen Jugendstilsofa Platz, Jörg und Elena auf der bequemen Couch, und der alte Herr Kixmüller machte es sich in dem schweinsledernen Luxus-Sessel mit Fernbedienung gemütlich. Bei dem Versuch, dieses Monstrum richtig zu positionieren, geriet er in die unmöglichsten Lagen: hoch und runter, Drehung links, Drehung rechts, Rückenlehne in Liegeposition und dann mit einem Ruck wieder hoch. Irgendwann gab er es auf und ließ sich in einem normalen Sessel nieder. Dann läutete es an der Tür.

Da stand ein seltsames Pärchen. Die beiden waren vor Jahren schon einmal hier gewesen, um sich mit der Familie über die Bibel zu unterhalten und sie letztendlich zu retten. Sie hatten es damals aber nicht über die Türschwelle geschafft. Da sie wussten, dass man beharrlich sein musste und nie aufgeben durfte, wenn es um das Seelenheil der Menschen ging, hatten sie sich entschlossen, heute einen neuen Versuch zu unternehmen. Der Mann mochte Mitte vierzig sein, die Frau etwas älter. Beide waren gut angezogen und wollten gerade ihren üblichen Spruch aufsagen. Doch Barbie ließ sie gar nicht zu Wort kommen, weil sie dachte, sie gehörten zu dem erwarteten Besuch. Also bat sie sie herein. Die beiden waren hoch erstaunt über die Freundlichkeit, die ihnen bei ihrer Mission selten bis nie entgegengebracht wurde. Lilly und ihr Anhang waren etwas erstaunt über dieses Pärchen, das sich auch gar nicht weiter vorstellte, sondern nur kurz grüßte. Der Mann nahm auf einem Sessel Platz und die Frau musste nun mit dem schweinsledernen Luxussessel mit Fernbedienung vorlieb nehmen. Kaum saß sie, da tippte sie aus Versehen auf die Fernbedienung und positionierte sich in Liegestellung. Sie hatte keine Ahnung, was sie machen sollte. Jörg fing an zu lachen, während Gretel erstaunt erst die Frau und dann Lilly anschaute.

Alfred Kixmüller fragte die beiden: »Sind Sie die, denen man den Schmuck geklaut hat oder gehören Sie zu den Verbrechern?«

Der Mann stand kurz auf und setzte sich wieder, um ganz entsetzt zu sagen: »Wir wissen nichts von Schmuck und Verbrechern.«

Die Frau, die versuchte, sich aus ihrer liegenden Position aufzurappeln, rief mit schriller Stimme: »Wir sind hier, um mit Ihnen über die Bibel zu reden.«

»Das ist aber ein sehr unpassender Zeitpunkt.« Das war die Stimme von Lilly. »Die Sauschlägers sind mit uns verabredet. Ich schlage vor, Sie kommen ein andermal wieder, um sie zu bekehren.«

»Es ist immer der richtige Zeitpunkt, um über die Bibel zu sprechen«, kam aus den Tiefen des schweinsledernen Luxussessels. »Denn irgendwann wird es zu spät sein.«

Eine etwas kopflose Barbie stand hilflos herum und schaute abwechselnd zu Lilly und der liegenden Frau. Dann ging ihr ein Licht auf: »Ach, ihr gehört gar nicht zusammen?« Lillys Kopfschütteln veranlasste Barbie dann, zu verkünden: »Also bitte, ab durch die Mitte« – und machte eine Handbewegung, die den beiden Eindringlingen gebot, das Haus zu verlassen.

Lilly sagte lächelnd: »Gretel, das Mädchen ist eine Lyrikerin.«

Der Mann hievte seine Kollegin mit einiger Anstrengung aus der Liegeposition heraus. Es gab einen Ruck, und fast wären die beiden auch noch gefallen. Gottes Segen wünschend verließen sie dann das Haus.

Inzwischen hatte Kevin mithilfe der beiden Kleinen seine Umziehmaschine direkt vor die Tür geschoben, sodass man das Haus nur noch durch diese Kiste verlassen konnte. Völlig verunsichert benutzte die Frau die Drehtür und gelangte ins Innere des Kastens. Ein paar Sekunden später hörte man Schreie, und der Mann nahm seinen ganzen Mut zusammen und begab sich ebenfalls hinein. Als sie nach einiger Zeit am anderen Ende wieder herauskamen, trug die Frau einen etwas zu lang geratenen dunklen Anzug und der Mann ein zu kurzes und viel zu enges graues Kostüm. Die beiden schauten sich entsetzt an und gingen, so schnell es diese Garderobe zuließ, in die Richtung, aus der sie gekommen waren. Vom Wald her beobachteten zwei Männer dieses Schauspiel und trauten ihren Augen nicht.

Vor einer Stunde war Heiner Stockmann von den beiden Kumpanen angerufen worden, dass er Lillys Haus nun durchsuchen solle. Die beiden alten Weiber seien weggefahren. Auch das Nachbarhaus, in dem er kurze Zeit gewohnt hatte, sei leer. Also solle er sich am besten beide Häuser vornehmen, sofern er im Ersten nichts finden würde.

Heiner rang mit sich. Es war ihm zutiefst zuwider, in fremde Häuser einzubrechen. Er wusste gar nicht, wie er das anstellen sollte. Mit dem Wagen konnte er ohnehin nicht fahren. Wenn jemand ihn bemerkte und hinterher ein Einbruch gemeldet würde, wäre er dran. Außerdem hielt er es für unwahrscheinlich, dass Lilly oder Jörg den Schmuck hatten. Die hätten doch sofort die Polizei alarmiert. Der Hinweis mit den Kindern war schon nicht schlecht. Und wahrscheinlich wusste das alte Fräulein auch, um welche Kinder es sich handelte. Vermutlich war sie jetzt dort hingefahren. Wenn der Schmuck dort auftauchte, würde sie die Polizei alarmieren. Und da er so blöd gewesen war, sie nach etwas zu fragen, was dort vergraben war, könnte es also gut möglich sein, dass er heute noch verhaftet wurde. Er saß in der Scheiße. So oder so. Die einzige Möglichkeit, da noch rauszukommen, wäre, dass die beiden Kerle die Sache auf ihre Art regelten. Aber sobald die Polizei anfing zu fragen, würde man unweigerlich auf ihn kommen. Am besten wäre es, abzuhauen. Er würde jedenfalls nicht auch noch einbrechen und konnte nur hoffen, dass die beiden Erfolg hatten.

Jetzt kam der Kleinbus der Sauschlägers auf das Grundstück gefahren. Als Hannes sah, dass dieser riesige Kasten vor der Haustür stand, brüllte er nach seinem Sohn Kevin. Der kam auch gleich aus einem der anderen Häuser herausgerannt, die seine Eltern einerseits als Gästeunterkünfte hergerichtet hatten und andererseits, um damit dem steigenden Wohnraumbedarf der Familie gerecht zu werden. Er zog sich dort oft mit seinem Laptop zurück. Ohne Diskussion half er seinem Vater, die riesige Kiste von der Haustür wegzuschieben. Jetzt war Hannes auch klar, was das für Typen waren, die er auf der Herfahrt gesehen hatte. Er wäre vor Staunen fast gegen einen Baum gefahren: Eine Frau in Männerkleidung und ein Mann in einem Damenkostüm. Die mussten also Bekanntschaft mit der Wundermaschine seines Sohnes gemacht haben. Dann ging das Ehepaar ins Wohnzimmer, um alle zu begrüßen. Barbie hatte inzwischen Kaffee gekocht und den Kuchen geschnitten, den die beiden alten Damen mitgebracht hatten, was Rita Sauschläger sehr gefiel. Sie versorgte alle mit Kaffee und Kuchen und verließ dann das Wohnzimmer, während Rita und Hannes sich zu Jörg und Elena auf das große Sofa setzten. Dann stand Hannes wieder auf, ging zum Schrank und entnahm ihm einen Schuhkarton, den er auf dem Tisch auskippte. Die Anwesenden trauten ihren Augen nicht.

»Und was soll ma nun mit diser Scheiße machen?«

»Behalten«, rief Rita, während sie sich das Diadem an ihren Kopf hielt.

»Und da soll Heiner seine Finger drin stecken haben?«,

fragte Alfred Kixmüller verwundert. »Er ist zwar ein komischer Kerl, aber das traue ich ihm nicht zu.«

»Aber das Zeug war in einer Schaufensterpuppe«, erwiderte Jörg. »Außer Heiner kenne ich niemanden, der eine Schaufensterpuppe hat.«

»Hatte«, sagte Hannes. »Jetze han mir se.« Dann öffnete er die Wohnzimmertür und brüllte nach seinen beiden jüngsten Kindern, die auch gleich herangestürmt kamen. »Holt mal de Schaufensterpupp.«

Ein paar Minuten später waren sie mit der Puppe da, und Hannes hievte sie mitten auf den Wohnzimmertisch. Alle brachten schnell ihre Kaffeetassen in Sicherheit. Dann montierte er das angeklebte Bein ab und sagte: »Meine Kinner sind ja schlau, is ja aach kän Wunner bei disn Vader. Die ham än Bän amputiert und disen Klunkerkram nausgeprokelt.«

Jetzt wähnte Lilly sich in der Rolle, ein Machtwort zu sprechen: »Wie auch immer. Dieser wertvolle Schmuck kann ja nur aus einem Diebstahl stammen. Wir müssen die Polizei informieren und alles sagen, was wir wissen. Sonst sind wir dran wegen Fundunterschlagung oder Hehlerei. Wer weiß denn, ob da nicht vielleicht sogar Blut dranklebt?«

»Ach, Scheiße«, sagte Rita. »Wann kommt man denn schon mal an so än Zeuch?«

Es entbrannte eine wilde Diskussion, wie man denn nun verfahren sollte.

In dem angrenzenden Wald beratschlagten Jürgen und Emil inzwischen, was sie unternehmen sollten. Sie wussten, dass die Beute in diesem Haus war. Die Kinder hatten vorhin die Schaufensterpuppe vom Schuppen ins Haus getragen, in der dieser Idiot Heiner die Klunker deponiert hatte. Sie brauchten also nur da hineinzugehen und sich den Kram holen.

»Hast du gesehen, wie viele Leute da in dem Haus sind?«, fragte Jürgen seinen Kumpel. »Nach meiner Zählung sind es mindestens acht. Sollen wir die alle in Schach halten? Und wer weiß, ob sie alle in einem Zimmer sind? Das ist mir zu riskant. Außerdem habe ich keine Lust, erkannt zu werden. Bis jetzt weiß keiner, wer das Zeug geklaut hat.«

»Was wollen wir dann machen, du Schlaumeier?«

In diesem Augenblick liefen gerade Tim und Yvonne über das Grundstück, und Jürgen sagte: »Wenn wir die Kinder haben, werden sie uns den Schmuck liebend gern geben.«

Im Gegensatz zu Emil mochte Jürgen überhaupt keine Gewalttätigkeit. Er dachte auch nicht daran, die Kinder zu entführen. Sie mussten sich etwas einfallen lassen, die Kinder von zu Hause wegzulocken, um sich mit ihnen einen flotten Nachmittag zu machen. Er hatte immer einen guten Draht zu Kindern gehabt.

Während im Sauschlägerschen Wohnzimmer noch diskutiert wurde und man kurz davor stand, die Polizei anzurufen, läutete das Telefon auf dem Flur. Rita ging dran und kam nach einer halben Minute kreidebleich ins Wohnzimmer zurück.

»Die Schweine han unnere Kinner.«

KAPITEL 17

Jörg war nach dieser erschütternden Nachricht mit seinem Vater und Elena nach Hause gefahren. Lilly und Gretel blieben, weil Rita einen Nervenzusammenbruch bekommen hatte. Sie rannte im Zimmer herum wie eine Wahnsinnige, ließ sich dann aufs Sofa fallen und heulte, stammelte unverständliche Dinge, brüllte Verwünschungen und bekam zwischendurch Weinkrämpfe. Erst durch Lillys strenge Maßregel, dass nun alle ihren Verstand zusammennehmen müssten, ließ sie sich einigermaßen beruhigen. Dann versuchte Rita, zu wiederholen, was der Entführer am Telefon gesagt hatte: *Wir haben Ihre Kinder. Noch geht es ihnen gut. Wir wollen den Schmuck. Keine Polizei. Wir melden uns in Kürze wieder mit genauen Anweisungen.*

Als die anderen Sauschläger-Kinder nach Hause kamen, hielt Hannes sie von der Mutter fern, weil diese bestimmt sofort herausgebrüllt hätte, dass ihre beiden Jüngsten entführt worden waren. Aber dadurch wäre das Leben der Kinder gefährdet worden. Nach einem weiteren Anruf, eine Dreiviertelstunde später, wurde gesagt, dass die Übergabe noch heute erfolgen solle. Absolute Voraussetzung sei, dass nicht die Polizei eingeschaltet werde. Nun saßen Rita, Hannes und Lilly bis aufs Äußerste angespannt neben dem Telefon, das auf dem Wohnzimmertisch lag, während Gretel sich mit Hilfe von Barbie um das leibliche Wohl der restlichen Kinder kümmerte und mit strenger Miene darauf achtete, dass niemand das Wohnzimmer betrat. Die leicht verwilderten, fast erwachsenen Kinder, die sonst nicht viel auf das gaben, was Erwachsene sagten, schienen vor Gretel Respekt zu haben.

Plötzlich fiel Lilly ein, dass ja vielleicht dieser Heiner Stockmann irgendwie mit der Entführung in Verbindung stehen könnte. Also ging sie in den Garten und rief Regine von ihrem Handy aus an. Diese nahm auch sofort ab und versicherte Lilly auf deren Frage hin, dass es ihr gut ging. Dann wollte Lilly wissen, ob Heiner da sei.

»Ja. Wir haben gerade einen kleinen Spaziergang gemacht.«

»Bitte hol ihn doch mal an den Apparat, Regine.«

Ein paar Sekunden später war er dran.

»Herr Stockmann, man hat die beiden Kinder meiner Freunde entführt, um an den Schmuck zu gelangen, der in Ihrer Schaufensterpuppe gefunden wurde.«

Heiner war so perplex, dass er gar nichts sagen konnte.

»Haben Sie etwas damit zu tun?«

»Um Himmels willen, nein. Ich schwöre Ihnen bei allem, was mir heilig ist, dass ich nichts damit zu tun habe.«

»Herr Stockmann, wenn Sie da mit drinhängen und den Kindern etwas passiert, bringe ich Sie eigenhändig um. Aber vorher trete ich Ihnen mit aller Kraft, die ich noch habe, in Ihre Fortpflanzungsorgane. Dieselbe Drohung gilt auch für den Fall, dass meiner Freundin Regine etwas zustoßen sollte. Haben Sie mich verstanden?«

»Fräulein Höschen, ich weiß wirklich gar nichts über irgendwelche Kinder. Und Ihrer Freundin Regine wird ganz bestimmt nichts zustoßen. Ich würde sie mit meinem Leben verteidigen, wenn jemand versuchen sollte, ihr etwas anzutun.«

»Gut, Herr Stockmann, ich verlasse mich auf Sie.«

Das hatte sich ehrlich angehört. Zumindest in dieser Richtung trat eine gewisse Erleichterung bei Lilly ein. Jetzt mussten nur die Kinder unbeschadet nach Hause kommen. Rita war am Durchdrehen. Lilly blieb noch ein paar Minuten draußen, um einen Zigarillo zu rauchen und Kraft zu schöpfen. Dann begab sie sich wieder ins Wohnzimmer.

Als es dämmrig wurde, läutete endlich das Telefon. Hannes nahm ab, schaltete auf laut und hörte gespannt zu:

Die alte Schrulle, die vorhin bei euch war, soll sich ins Auto setzen. Allein. Dann soll sie zum Sternplatz zwischen Lautenthal und Seesen fahren. Dort soll sie halten, den Schmuck in einer Plastiktüte an den Waldrand legen und dann zurückfahren. Wenn wir merken, dass sie nicht allein ist, könnt ihr die Kinder vergessen. Wenn alles glattgeht, werden die Kinder in zwei Stunden wieder bei euch sein.

»Ich will meine Kinner sprachn!«, brüllte Hannes. Aber das Gespräch war schon zu Ende.

Lilly erhob sich und sagte: »Ich fahre jetzt los.«

Rita sah Lilly flehentlich an und heulte: »Bring meine Kinner zurück.«

Hannes brachte Lilly zu ihrem Wagen und gab ihr eine Plastiktüte, in die er den Schmuck gelegt hatte. Sie fuhr los. Mit äußerster Konzentration legte sie die Strecke in einer halben Stunde zurück, hielt an dem genannten Ort, der inzwischen im Dunklen lag, und legte die Plastiktüte am Waldrand ab. Dann stieg sie wieder ein und fuhr zurück.

Nur eine Minute später kam eine Gestalt aus dem Wald und nahm die Plastiktüte an sich. Nach weiteren fünf Minuten fuhr Jürgen vor, um seinen Kumpan Emil mit dem Schmuck aufzulesen. Die beiden Kinder, die in seinem Wagen saßen, ließ er aussteigen, um sie in der Dunkelheit allein zurückzulassen. Auf dem Weg Richtung

Innerstetalsperre rief Emil dann bei den Sauschlägers an, um ihnen zu sagen, wo sie ihre Kinder finden würden. Diese riefen Lilly auf dem Handy an, die einen Augenblick an der Lautenthaler Touristeninfo gehalten hatte, um erst einmal tief durchzuatmen und wieder zu sich zu kommen. Dann drehte sie um und fand zwei ängstlich dreinschauende Kinder in der Dunkelheit. Sie stieg aus und drückte beide gleichzeitig fest an sich. Lilly spürte, wie ihr kiloweise Steine vom Herzen fielen und ihr ein paar Tränen der Freude und Erleichterung in die Augen stiegen. Wieder im Auto, klingelte schon wieder ihr Handy. Lilly war erleichtert, den Eltern endlich die erlösende Nachricht übermitteln zu können.

Rita lachte und weinte gleichzeitig und sprang vor Freude im Wohnzimmer herum. Überglücklich gab sie das Telefon an Hannes weiter, der keine Minute mehr inaktiv sein konnte. Er brüllte ins Telefon, dass er ihnen entgegenfahren würde.

»Nein, Hannes, das tust du nicht. Ich fahre mit den Kindern zu mir nach Hause. Und ihr kommt auch zu mir. Vergesst Gretel nicht. Von mir aus könnt ihr auch bei mir übernachten. Und Hannes, fahrt vorsichtig. Nicht, dass ihr in eurem Überschwang noch einen Unfall baut.«

Es kam selten vor, aber jetzt war Lilly mit ihren Kräften allmählich am Ende. Sie wollte nicht noch einmal den Weg nach Clausthal-Zellerfeld fahren und dann wieder zurück. Bis zu ihrem Haus waren es nur ein paar Minuten.

KAPITEL 18

Heiner saß in der Küche und konnte nicht fassen, was diese beiden Typen angerichtet hatten. Er hätte sich nie mit denen einlassen dürfen.

Unten im Wohnzimmer bekam Regine wieder Besuch von Borghild. Der Geist war wutentbrannt. Regine, die nichts von der Entführung der Kinder oder den Machenschaften des von ihr geschätzten Heiner wusste, wurde nicht klug aus den Worten, die Borghild von sich gab: »Das Böse wird immer stärker. Unschuldige Kinder werden den Eltern weggenommen und in der Dunkelheit ausgesetzt. Dafür sollen sie büßen. Sie sollen ins Wasser fahren und ersaufen. Ich schaffe das. Ich bin nicht allein. Wir werden immer stärker. Und bald soll dieser ganze unselige Ort verbrennen und vom Sturm weggeweht werden.«

»Borghild, tu das nicht«, flehte Regine.

»Feuer, Wasser, Wind und Eis sollen wüten und alle vernichten.«

Dann verschwand sie. Regine hatte sie dieses Mal gar nicht gesehen, nur ihre Anwesenheit gespürt und ihre Stimme gehört. Angstvoll rief sie nach Heiner.

Jürgen und Emil fuhren an der Innerstetalsperre entlang. Es war alles ziemlich dilettantisch, was sie heute gemacht hatten. Wie konnte man nur so blöd sein, Kinder zu entführen? Die würden sie genau beschreiben. Vielleicht hatten sie sich sogar die Autonummer gemerkt; so klein waren sie ja auch nicht mehr. Und dann hatten sie auch noch viel zu früh die Eltern darüber informiert, wo die Kinder zu finden waren. Wahrscheinlich würde sogar schon die Polizei nach ihnen fahnden. Auch, wenn die Kinder ihren Spaß gehabt und sich offensichtlich wohlgefühlt hatten, weil sie mit dem Smartphone spielen und sich nach Herzenslust mit Süßigkeiten und Pommes vollstopfen konnten, blieb es doch eine Entführung. Er seufzte laut und schob diese Gedanken beiseite. Plötzlich bemerkte er, dass er viel zu schnell fuhr. Er nahm den Fuß vom Gas, aber das Auto wurde immer schneller.

Emil brüllte: »Hör auf, so zu rasen!«

Er versuchte, zu bremsen. Aber das Auto nahm noch mehr Geschwindigkeit auf. Zweihundertfünfzig km/h jetzt. Er konnte nicht mehr lenken. Plötzlich dieses Gesicht vor der Windschutzscheibe. Das Gesicht einer jungen Frau. Emil schrie. Das Lenkrad wurde wie von Geisterhand nach links gerissen. Der Wagen schoss, sich überschlagend, im hohen Bogen ins Wasser.

Regine hatte sich kraftlos in ihren Lieblingssessel sinken lassen; Heiner saß auf der Lehne und streichelte liebevoll ihre Hand, als sie ihm von ihrem unheimlichen Erlebnis mit Borghild erzählte. Erst dachte er, es handele sich um die Fantasien einer alten Frau, die vielleicht etwas verwirrt war. Aber es klang so real, dass ihm angst und bange wurde.

»Heiner, ich sehe es vor mir. Sie sind in die Innerstetalsperre gerast. Sie sind mehr geflogen als gefahren. Was sollen wir tun?«

Heiner wusste nicht mehr, was hier vor sich ging. Regine hatte wörtlich wiedergegeben, was Borghild gesagt hatte: *Unschuldige Kinder werden den Eltern weggenommen und in der Dunkelheit ausgesetzt.* Woher konnte Regine von der Entführung wissen? Sie musste übersinnliche Kräfte haben.

»Heiner, gib mir das Telefon und wähle die Kurzwahl 55. Das ist die Nummer von Lilly.«

Er hatte zwar ein schlechtes Gefühl bei dem Gedanken, dass Regine die strenge Lilly anrufen wollte, die ihm vorhin gedroht hatte, ihm erst in die Fortpflanzungsorgane zu treten und ihn anschließend umzubringen. Aber was sollte er machen?

Lilly hatte mit den Kindern gerade ihr Wohnzimmer betreten, als das Telefon läutete. Es war Regine, die ihr von ihrer Begegnung mit Borghild erzählte. Als sie die Worte von den unschuldigen Kindern hörte, die ihren Eltern weggenommen und in der Dunkelheit ausgesetzt wurden, versetzte es Lilly einen Stich ins Herz.

»Und du bist ganz sicher, dass Borghild dir das gesagt hat und nicht Heiner?«

»Wieso denn Heiner? Er konnte doch davon gar nichts wissen. Er war die ganze Zeit hier und sitzt jetzt bei mir und hält meine Hand.«

»Zwei Kinder meiner Freunde sind heute entführt worden. Ich habe sie gerade zurückgeholt. Es geht ihnen gut. Ich muss jetzt die Polizei anrufen. Und irgendwie hängt Heiner da mit drin. Vielleicht nicht in der Entführung. Aber offenbar hatte er sich mit den Tätern eingelassen.«

»Lilly, bitte lass Heiner da raus. Er ist ein Guter. Ich brauche ihn. Ich möchte auf gar keinen Fall, dass er Schwierigkeiten bekommt. Bitte vertrau mir. Heiner hat nichts damit zu tun.«

»Gut, Regine, ich versuche, was ich kann.«

Heiner bangte zwar, als über ihn gesprochen wurde. Denn er hatte Angst, dass die Polizei ihm auf die Spur kommen könnte. Dass Regine solches Vertrauen zu ihm hatte und ihn so schätzte, dass sie ihre Freundin bat, ihn nicht bei der Polizei zu erwähnen, rührte ihn.

Tim und Yvonne bedienten sich in der Küche inzwischen vergnügt an Getränken und Keksen, die sie dort vorfanden. Es schien, als hätten sie die Entführung bereits vergessen oder gar nicht als solche empfunden.

Lilly wählte den Notruf: »Hallo, hier ist Lilly Höschen aus Lautenthal. Bitte schicken Sie schnell Polizei und Krankenwagen zur Innerstetalsperre. Dort ist ein Auto ins Wasser gestürzt. Bei den beiden Männern handelt es sich um Räuber und Kindesentführer.«

»Waren Sie dabei, als der Unfall geschah?«

»Nein, eine Freundin hat es mir gerade am Telefon erzählt.«

»Wie ist der Name Ihrer Freundin?«

»Den sage ich Ihnen nicht.«

»Hat Ihre Freundin den Unfall gesehen?«

»Nein, es wurde ihr berichtet.«

»Von wem?«

»Von einem Geist.«

»Entschuldigung, dies ist eine Notrufleitung. Wissen Sie, was der Einsatz von Polizei und Rettungswagen kostet? Solch ein Scherz kann ziemlich teuer werden.«

»Ich mache keine Scherze. Tun Sie, was ich Ihnen gesagt habe, und zwar stante pede.«

»Stante was?«

»Mein Gott, sind Sie schwer von capé. Unverzüglich. Sofort!«

Dann legte sie auf. Im selben Moment schellte es an der Haustür. Es war Jörg, der Licht in Lillys Haus gesehen hatte und wissen wollte, was mit den entführten Kindern war. Sie erzählte, was sie seit dem Nachmittag alles erlebt hatte. Die beiden Kinder machten es sich inzwischen vor dem Fernseher gemütlich. Kurz darauf läutete es wieder an der Tür. Es waren Rita und Hannes Sauschläger, die die Treppe hinaufstürmten und sich auf ihre Kinder stürzten und diese dann mit Fragen bombardierten. Offenbar hatten sie die Entführung gar nicht als solche wahrgenommen, es ging ihnen ausgesprochen gut. Gretel machte sich gleich in der Küche zu schaffen und fing an zu kochen. Inzwischen war es halb elf. Als Jörg gerade gehen wollte, kündigte die Türklingel abermals Besuch an. Es waren die beiden Polizisten, die Lilly neulich an die Luft gesetzt hatte, weil sie ihr zu neugierig gewesen waren.

Lilly rief im Hausflur: »Mein Gott, das geht ja hier zu wie im Taubenschlag. Was wollen Sie denn schon wieder? Bin ich etwa zu schnell gefahren oder habe ich verdächtige Personen in meinen Wagen einsteigen lassen?«

»Guten Abend, Fräulein Höschen«, sagte der Ältere.

»Wir kommen wegen Ihres Notrufes.«

»Ist denn der Mensch von der Notrufzentrale so beschränkt? Sie sollen zur Talsperre fahren, nicht zu mir. Wie Sie sehen, wohne ich am Berg. Da besteht keine Gefahr, zu ertrinken.«

»Der Rettungswagen ist bereits an der Talsperre. Wir sind hier, um Sie zu befragen, was Sie genau über den Vorfall wissen. Sie haben von Kindesentführern und Räubern geredet.«

»Meinetwegen. Dann kommen Sie herein, obwohl ich sagen muss, dass es mir nach diesem verrückten Tag allmählich zu viel wird, alles doppelt und dreifach zu erzählen.«

Sie führte die Beamten zum großen Esstisch, während die Sauschlägers mit Jörg, der nun doch noch bleiben wollte, die bequeme Sitzgruppe in Beschlag nahmen. Kaum hatten Lilly und die Polizisten Platz genommen, läutete es schon wieder.

»Was ist denn das hier heute nur für ein Irrenhaus?«, fragte Lilly.

Diesmal öffnete Gretel. Ganz langsam kam der alte Herr Kixmüller mit Elena die Treppe hoch. Sie hatten es nicht mehr ausgehalten, weil Jörg so lang weggeblieben war und sie doch auch unbedingt wissen wollten, was nun los war. Als sie hereingewackelt kamen, schauten sich die Polizisten angesichts dieser Menschenansammlung skeptisch an. Allmählich wurde der Platz in der Sitzgruppe knapp. Elena musste sich schon mit einer Sessellehne begnügen, und Gretel ging wieder in die Küche.

Gerade, als der ältere Polizist zu einer Frage ansetzte, klingelte es erneut. Es war mittlerweile nach 23.00 Uhr. Tim und Yvonne waren bereits auf dem Sofa eingeschlafen. Gretel ging wieder zur Tür, und nach wenigen Sekunden stand Amadeus im Zimmer, Lillys Großneffe und einziger Verwandter.

Völlig verwundert sah Lilly ihn an: »Um Himmels Willen, Amadeus! Was willst du denn noch hier? Weißt du nicht, wie spät es ist?«

»Entschuldige, Tante Lilly, Hannes hat mich angerufen und um meinen anwaltlichen Rat gebeten. Er hat mir in groben Zügen erzählt, was passiert ist. Ich glaube allerdings, ich habe nicht die Hälfte davon verstanden.«

»Das ist mir klar. Schließlich bist du Jurist. Setz dich zu den beiden Herren von der Polizei. Dann brauche ich nicht alles doppelt zu erzählen.«

Der junge, blonde Polizist setzte an, etwas zu sagen, verkniff es sich aber, um sich nicht wieder eine Rüge von

Lilly einzuhandeln. So, wie die im Moment drauf war, musste man mit allem rechnen. Gerade als Lilly anfangen wollte, zu erzählen, klingelte das Handy des älteren Polizisten. Er hörte eine Minute konzentriert zu und sagte dann: »Man hat das Auto herausgefischt. Es waren zwei Männer drin. Tot.«

»Na, das nenne ich mal Gerechtigkeit«, sagte Lilly. »Juwelen stehlen, Kinder entführen und dann von einem Geist ins nasse Grab befördert werden.«

Jetzt hatte Hannes mitgekriegt, dass sich die Entführer offenbar totgefahren hatten. Er sprang von seinem Sessel auf und eilte zum Esstisch: »Sach bloß, die Verbracher ham sich n Rachen eingefahrn? Da scheiß doch äner von dar Körchtormspitz!« Dabei klatschte er in die Hände, um seinen Ausspruch zu unterstreichen.

Der ältere Polizist stand kurz vor einem Nervenzusammenbruch. Er erhob sich und sagte laut: »So, jetzt ist mal Schluss. Hier dreht man ja durch. Ich werde jetzt jeden Einzelnen, der etwas weiß, befragen. Am besten ohne Beisein der Anderen. Bis jetzt habe ich rein gar nichts verstanden.«

Nun kam Gretel aus der Küche und flötete: »Essen ist fertig.«

»Jetzt nicht!«, brüllte der Polizist.

Gretel konterte ganz erbost: »Wer hier in diesem Haus wann isst, das bestimmen nicht Sie.«

Der Polizist setzte sich wieder, rang um Fassung und sagte ganz ernst: »Entschuldigung, es geht hier um zwei Tote und Kindesentführung. Und wenn ich richtig verstanden habe, so ganz nebenbei auch noch um Juwelendiebstahl. Und von Ihnen kommen nur ein paar Fragmente. Ich kann doch nicht hellsehen. Bitte erzählen Sie endlich. Vielleicht schweben ja noch Menschen in Gefahr. Was ist mit den entführten Kindern?«

»Ich erzähle Ihnen ja alles. Aber nach dem Essen. Es geht auf Mitternacht zu und wir verhungern allmählich. Und irgendwann müsste man auch mal schlafen. Und zu Ihrer Beruhigung: Es schwebt niemand mehr in Gefahr. Die entführten Kinder liegen dort auf dem Sofa, und es geht ihnen gut.«

Da es ohnehin sinnlos war, sich zu widersetzen, aßen die Polizisten einen Teller Pasta mit. Alle schaufelten Nudeln in sich hinein. Gretel hatte eine grandiose Soße gezaubert. Eine halbe Stunde nach Mitternacht trugen die Sauschlägers ihre Kinder ins Bett und legten sich gleich dazu. Sie waren restlos erschöpft. Die Kixmüllers und Elena gingen nach Hause, sodass neben den beiden Polizisten nur noch Lilly, Gretel und Amadeus am Esstisch saßen.

»So, meine Herren, heute gibt es nur noch das Kurzprogramm«, sagte Lilly. Sie erzählte, dass die Kinder eine Schaufensterpuppe gefunden und Tage später aufgrund einer Beinamputation bei eben dieser Juwelen entdeckt hätten. Die Verbrecher bekamen Wind davon, dass die Puppe nun im Besitz der Sauschläger-Kinder war. Bei einem Besuch bei den Sauschlägers entführten diese die Kinder. Lilly konnte Tim und Yvonne allerdings nach Übergabe der Juwelen gesund zurückbringen. Dann wurde sie von einer alten Freundin angerufen, die von einem Geist wusste, dass die Entführer in die Talsperre gefahren waren. Bei der Erwähnung des Geistes zuckten die Mundwinkel des älteren Polizisten verdächtig, und sein junger Kollege bekam einen Lachanfall.

Der Ältere sagte: »Fräulein Höschen, Sie müssten schon etwas mehr erzählen. Zumindest, was alles an diesem Tag passiert ist. Vielleicht gibt es ja Zusammenhänge.«

Lilly schaute den Polizisten etwas mokiert an und legte dann los: »Also, nach dem Frühstück habe ich mich auf den

Balkon gesetzt, meinen Blick über Lautenthal schweifen lassen und zehn Minuten lang über die Zusammenhänge von Einsteins Relativitätstheorie und dem Fellwachstum meines Pudels nachgedacht. Nachdem mir bewusst wurde, dass ich diese Frage so schnell nicht würde lösen können, habe ich meine Freundin gefragt, was wir denn heute zum Mittag essen könnten.«

Der Polizist, der kurz vor einem Nervenzusammenbruch stand, unterbrach sie: »So genau brauchen Sie den Tagesablauf nun auch wieder nicht zu schildern.«

»Dann fragen Sie doch nicht so dumm.«

»Ich glaube, es reicht für heute. Morgen früh wird die Kriminalpolizei die Sache weiter verfolgen. Wir verabschieden uns jetzt«, sagte der Polizist und verschwand eiligst mit seinem jungen Kollegen.

Amadeus hatte sich während der Schilderungen seiner Großtante die Haare so sehr gerauft, dass er aussah wie ein Zombie. Er war so einiges von ihr gewohnt, aber offenbar war ihr Potenzial an kuriosen Erlebnissen, in die sie immer wieder geriet, noch lange nicht erschöpft. Hannes, der ihn angerufen hatte, lag im Bett, und Tante Lilly würde ihn heute kaum noch exakt über das unterrichten, was eigentlich vorgefallen war. Er gab ihr einen Kuss auf die Wange, verabschiedete sich von Gretel und fuhr nach Hause.

KAPITEL 19

Regine ging es am nächsten Morgen nicht gut. Schmerzen hatte sie keine. Eigentlich konnte sie gar nicht beschreiben, wie ihr zumute war; sie fühlte sich einfach nur schwach und hatte Schwierigkeiten mit dem Aufstehen. Als Heiner ins Zimmer kam, sagte sie: »Ich glaube, Sie müssen mir heute mal behilflich sein. Ich schaffe es nicht, allein aus dem Bett zu kommen.«

»Fühlen Sie sich nicht gut? Soll ich den Arzt rufen?«

»Nein, es ist einfach nur das Alter. Meine Zeit läuft allmählich ab. Es geht bald auf die große Reise. Die Verhandlungen mit oben laufen bereits.«

»Ach, Regine, soweit ist es noch nicht. Ich messe erst mal Ihren Blutdruck.«

Er war ihr behilflich, sich zurechtzumachen und geleitete sie an den Esstisch, wo sie zusammen frühstückten. Danach musste Heiner ihr Papier und Stift bringen. Während er in der Küche beschäftigt war, schrieb sie einen Brief an Lilly und verfasste ihr Testament. Beides steckte sie in Umschläge, die sie zuklebte und in die oberste Schublade ihres kleinen Schreibtischs legte, der im Wohnzimmer stand. Dann rief sie nach Heiner, um ihn zu instruieren, dass er ihr Testament, den Brief an Lilly und auch eine Patientenverfügung in dieser Schublade finden würde.

»Wenn ich tot bin, rufen Sie Lilly an, um ihr den Brief zu geben. Am besten, Sie öffnen mit ihr gemeinsam auch das Testament. Um mich unter die Erde zu kriegen, habe ich ein Extra-Konto angelegt, für das ich Ihnen jetzt Verfügungsgewalt erteile.« Sie nahm ein Formular aus dem Schreibtisch und reichte es Heiner. »Das geben Sie am besten noch heute bei der Bank ab. Ich hoffe doch, dass Sie das alles für mich erledigen. Die Instruktionen für meine Beerdigung befinden sich bereits beim Bestattungsinstitut. Das habe ich schon vor Jahren geregelt. Auch eine Anzahlung habe ich geleistet. Den ganzen Papierkram dazu finden Sie auch im Schreibtisch. Und lassen Sie mich noch bemerken, dass Sie in dem Testament erwähnt sind. Obwohl wir uns erst so kurz kennen, sind Sie mir auf eine ganz merkwürdige Weise sehr schnell ans Herz gewachsen.«

Heiner hätte heulen können, bemühte sich aber, mit fester Stimme zu erwidern: »Regine, mir geht es genauso. Aber bevor Sie auf die Reise gehen, feiern wir noch Ihren hundertsten Geburtstag.«

Sie lächelte ihn an, wissend, dass es nicht so kommen würde.

Im Hause Höschen ging es schon sehr früh recht munter zu. Die Sauschlägers waren trotz der Erschöpfung des letzten Tages früh aufgestanden. Die Kinder waren schon wieder hochaktiv und freuten sich, dass die Eltern nicht auf die Idee kamen, sie zur Schule zu bringen. Gretel bereitete das Frühstück zu. Als Lilly nach unten kam, läutete schon wieder das Telefon. Es war Kommissar Schneider von der Kripo, mit dem Lilly ja schön öfter zu tun hatte. Er würde gleich mal mit seiner Kollegin Frau Liebe vorbeikommen. Und ob die Sauschlägers noch da wären? Gut, dann würde er noch eine Psychologin mitbringen, die sich mit den Kindern unterhalten solle.

Eine Stunde später hatten alle gefrühstückt. Die Stimmung war gut, weil alles so glimpflich verlaufen war. Die Kinder waren putzmunter. Das, was sie über den gestrigen Tag erzählten, hörte sich nicht bedrohlich an. Sie waren weit davon entfernt, sich als Opfer zu fühlen. Der lange Mann sei sehr freundlich gewesen. Sie hätten am Smartphone gespielt, Pommes und Burger gegessen, Cola getrunken und von dem kleinen Mann nicht viel mitgekriegt. Vielleicht war für den guten Zustand der Kinder auch die Tatsache maßgebend, dass sie zu zweit waren. Von Gewalt und Bedrohung war in ihren Erzählungen keine Spur. Sie waren freiwillig in das Auto eingestiegen, obwohl sie wussten, dass dies nicht richtig war. Als sie wieder nach Hause wollten, vertröstete sie der große Mann, dass es nicht mehr lange dauern würde. Außerdem wüssten ihre Eltern Bescheid. Selbst, als sie in der Dunkelheit auf dem Parkplatz im Wald ausgesetzt worden waren, hatten sie nicht wirklich Angst. Sie wussten ja, dass man sie wenig später wieder abholen würde. *Wahrscheinlich liegt es an der robusten Lebensweise der Sauschlägers, dass die Kinder nicht gerade ängstlich sind*, dachte Lilly.

Dann fuhr das Auto von Gerald Schneider vor, dem leitenden Hauptkommissar der Kripo. Er hatte Nina Liebe bei sich, eine fähige Hauptkommissarin von Anfang vierzig, und eine junge Psychologin. Als er das große Wohn- und Esszimmer betrat und er die Sauschlägers erblickte, die er schon von einem anderen Fall kannte, bat er spontan Nina Liebe, sich ihrer anzunehmen. Er würde bei einer Befragung kein Wort verstehen, da er mit deren Sprache nicht zurechtkam. Man entschied sich, dass Nina Liebe und die Psychologin Annette Stelz sich zunächst mit den beiden Kindern unterhalten sollten. Dabei ging es nicht nur um den Sachverhalt, sondern auch um die Feststellung, ob sie vielleicht Schaden genommen hatten. Widerwillig stimmte das Ehepaar Sauschläger dem Ansinnen der Kommissarin und der Psychologin zu, sie mit den Kindern im Wohnzimmer allein zu lassen, während sie selbst sich in den Garten setzten. Kommissar Schneider zog sich mit Lilly und Gretel in das Arbeitszimmer im oberen Stockwerk zurück.

Freundlich und entspannt wie immer, erklärte Schneider zunächst, dass die beiden Toten, die man aus der Talsperre gefischt hatte, identifiziert seien. Es handele sich um polizeibekannte Diebe und Einbrecher. Der Schmuck, den man ebenfalls gefunden habe, stamme aus einem Diebstahl in Hannover. Man rede hier von einer Summe von mehreren hunderttausend Euro. Dann bat er die Damen, der Reihe nach zu erzählen, und Lilly ergriff sofort das Wort: »Also, Herr Schneider, Sie müssen wissen, dass meine Freundin Gretel seit einiger Zeit bei mir zu Besuch ist und alles, was ich erzähle, auch von ihr bestätigt werden kann.«

Gretel nickte zustimmend mit düsterer Miene, die sie gerade aufgesetzt hatte, um den Ernst der Sache, um die es hier ging, zu unterstreichen.

»Neulich saßen also Gretel und ich oben im Garten, als die Sauschlägers uns mit ihren Kindern einen Überraschungsbesuch abstatteten. Während wir Kaffee tranken, gingen Tim und Yvonne oben hinter meinem Grundstück in den Wald. Nach einiger Zeit kamen sie ganz aufgeregt zurück und berichteten, sie hätten eine Leiche gefunden.«

Schneider kräuselte die Stirn und dachte: *Was denn nun noch für eine Leiche?*

»Diese Leiche war nur notdürftig hinter meinem Gartenzaun vergraben. Eine Hand lugte heraus. Und als Herr

Sauschläger sich der Sache annahm, stellte er fest, dass es sich bei dieser Leiche nur um eine Schaufensterpuppe handelte. Die Kinder wollten dieses Ding unbedingt mit nach Hause nehmen. Ein paar Tage später rief Rita Sauschläger mich an und berichtete, dass die Kinder bei der Amputation eines Beines der Puppe ein Päckchen mit Schmuck gefunden hätten. Ich schlug natürlich sofort vor, sie solle die Polizei rufen. Sie meinte aber, es sei ihr lieber, die Sache erst einmal mit mir zu beratschlagen. Daher fuhren Gretel und ich dann am übernächsten Tag zu den Sauschlägers.«

»Warum erst am übernächsten Tag?«, fragte Schneider etwas vorwurfsvoll.

»Weil wir vorher keine Zeit hatten. Außerdem habe ich nicht wirklich geglaubt, dass es sich um wertvollen Schmuck handelte. Es hätte ja auch irgendein billiges Klunkerzeug sein können.«

»Gut, erzählen Sie weiter, Fräulein Höschen.«

»Also, während unseres Besuchs bei den Sauschlägers stellte sich aber heraus, dass es sich wohl wirklich um wertvollen Schmuck handelte. Aber, noch bevor wir die Polizei rufen konnten, erhielt Rita dann einen Anruf, dass man ihre Kinder entführt habe. Offenbar waren die Täter hinter uns hergefahren und hatten uns beobachtet. Es wurden die üblichen Forderungen gestellt: Keine Polizei und so weiter, wie man das aus den Fernsehkrimis so kennt. Eine Dreiviertelstunde später ging der nächste Anruf ein, um die Forderungen zu bekräftigen. Und als es dann allmählich dunkel wurde, kam ein weiterer Anruf mit der Anweisung, dass ich den Schmuck zum Sternplatz bringen solle. Und wenn ich dies täte, würden die Kinder in zwei Stunden wieder bei ihren Eltern sein. Also habe ich mich ins Auto gesetzt und den Schmuck in einer Plastiktüte dort am Waldrand abgelegt. Kurz darauf erhielten die

Sauschlägers einen Anruf. Man teilte ihnen mit, dass man ihre Kinder am Sternplatz abholen könne. Diese riefen mich an – ich war gerade bei der Touristeninfo in Lautenthal – und sagten mir, ich könne die Kinder vom Sternplatz abholen. Also bin ich umgekehrt, habe die Kinder dort vorgefunden, wo es die Entführer gesagt hatten, und bin nach Hause gefahren. Kaum hier angekommen, rief mich eine alte Freundin an, die mir mitteilte, dass ihr ein Geist gesagt habe, dass zwei Kindesentführer in die Innerstetalsperre gefahren seien.

»Fräulein Höschen, es ist ja alles schon verworren genug. Und wenn ich ehrlich bin, habe ich maximal die Hälfte verstanden. Aber jetzt wird es absurd. Ein Geist? Was für ein Geist?«

»Die Dame heißt Borghild und hat im 18. Jahrhundert hier im Ort gelebt. Meine alte Freundin pflegt zu ihr von frühester Kindheit an Kontakt. Und diese Borghild hat sie über den nassen Tod der Entführer informiert.«

»Wie heißt Ihre Freundin?«

»Das sage ich Ihnen nicht. Die Dame ist wirklich sehr alt und sieht sich nicht imstande, noch einmal darüber zu reden. Gretel und ich sind die Einzigen, die von ihrer Verbindung zu Borghild wissen. Und so soll es auch bleiben.«

»Aber Fräulein Höschen, Sie müssen mir den Namen Ihrer Freundin sagen.«

»Das mag ja sein, Herr Schneider. Aber ich sage Ihnen ihren Namen trotzdem nicht.«

Nun schaute er Gretel Kuhfuß an, die sofort insistierte: »Sie brauchen mich gar nicht anzusehen wie ein Bernhardiner. Von mir erfahren Sie den Namen auch nicht. Wollen Sie mich jetzt in Beugehaft nehmen?«

Schneider grinste: »Äh, das könnte ich gar nicht. Eine solche Entscheidung trifft ein Richter. Gut, fahren Sie einfach fort«, sagte er leicht verunsichert.

»Also, nachdem meine Freundin von dem Geist Borghild vom Tod der Entführer erfahren hatte, rief sie mich an und erzählte mir davon. Anschließend wählte ich den Notruf, um Polizei und Rettungswagen zur Talsperre zu schicken. Dann kamen die Sauschlägers, um ihre Kinder in die Arme zu schließen, und diese beiden Polizisten, die mich, genau wie Sie, auch für ziemlich spleenig hielten, als ich ihnen von dem Geist erzählte.«

»Ich halte Sie nicht für spleenig, Fräulein Höschen. Es ist nur ungewöhnlich, mit welcher Selbstverständlichkeit Sie davon erzählen.« Der Kommissar schaute Gretel Kuhfuß an und fragte: »Können Sie das alles bestätigen?«

»Es war exakt so, wie Lilly es erzählt hat. Und wenn Sie weiterhin versuchen sollten, mir den Namen der Freundin aus dem Kreuz zu leiern, muss ich Sie leider enttäuschen.«

Als Lilly mit Gretel und dem Kommissar herunter ins Wohnzimmer gingen, waren Nina Liebe und die Psychologin auch soweit fertig mit den Kindern. Als sie Schneiders fragenden Blick sahen, erklärte Liebe: »Es ist erstaunlich, aber wir sind uns darin einig, dass die Kinder wirklich keinen erkennbaren Schaden genommen haben.«

Minuten später kam das Ehepaar Sauschläger ins Zimmer und Schneider bat seine Kollegin, die beiden zu befragen.

Nachmittags, als Schneider mit Nina Liebe wieder im Büro saß, resümierte er: »Also, es gab eine Entführung, die die Sauschlägers mit der Hilfe von Fräulein Höschen allein zu einem guten Ende geführt haben. Die Entführer sind dann in die Talsperre gestürzt, wie Fräulein Höschen von einer nicht genannten Freundin erfahren hat. Diese Freundin wiederum hat die Information von einem Geist. Außerdem stellte sich heraus, dass die Entführer für den

Juwelendiebstahl in Hannover zuständig waren. Die Beute wurde bei den verunglückten Dieben und Entführern gefunden. Die entführten Kinder sind wohlauf. Wir haben im Grunde gar nichts zu dem ganzen Fall beigetragen. Fräulein Höschen und ein Geist, also eine im 18. Jahrhundert verstorbene Frau, haben alles gelöst. Was wollen wir noch mehr? Die Frage ist nur, was schreiben wir in den Bericht für den Staatsanwalt? Vor allem: Wie erklären wir die Sache mit dem Geist?«

Nina Liebe grinste – allerdings nur bis zu dem Moment, als Schneider sagte: »Wissen Sie was? Der Bericht wäre doch eine schöne Aufgabe für Sie.«

»Chef, eigentlich müsste ich für die Befragung der Sauschlägers jetzt schon eine Zulage beantragen. Abgesehen davon, dass ich, um diese Leute zu verstehen, ihnen bis aufs Äußerste angespannt zuhören, knobeln und übersetzen musste, war das Gespräch die reinste Körperverletzung. Hannes Sauschläger hat mir bestimmt fünf Mal versichert, *dass er sich ein Loch in den Marsch freut, dass diese Verbracher, diese verfluchten, sich den Rachen eingefahrn ham und ersoffen sind.* Und seine Frau hat mir bis ins Detail erklärt, was sie mit den Männern gemacht hätte, wenn sie nicht schon tot wären. *Ihre Eier hätte sie durch den Fleischwolf …*«

»Schluss jetzt, Nina! Die Details können Sie ja in den Bericht schreiben, wenn Sie meinen, dass es nötig ist. Oder schreiben Sie doch einfach die Vernehmungsprotokolle in dieser oberharzerischen Sprache. Soll der Staatsanwalt sich doch einen Übersetzer besorgen. Aber verschonen Sie mich im Moment mit den Einzelheiten. Die Unterhaltung mit Fräulein Höschen, die sich weigert, mir den Namen ihrer mit Geistern verkehrenden Freundin zu nennen, war auch kein Honigschlecken. Ich bedauere Sie ja auch, und ich werde es wieder gutmachen. Wie wäre es mit einem schönen Grillabend? Ich rufe meine Frau an, dass sie etwas vorbereitet.«

KAPITEL 20

Regine war erschöpft. Sie hatte den ganzen Tag über in ihrem bequemen Sessel gesessen, hatte noch nicht mal einen Spaziergang mit Heiner gemacht, der sie liebevoll umhegte. Am frühen Abend, nachdem sie den frisch gepressten Saft, den er ihr gebracht hatte, getrunken und das Butterbrot mit Tomaten gegessen hatte, fühlte sie sich etwas kräftiger. Heiner war gerade im Vorgarten, als Lilly Höschen mit ihrem Wagen vorfuhr. Jedes Mal, wenn er sie sah, fühlte er sich ertappt, als ob er bei etwas Verbotenem erwischt worden wäre. Sie stieg aus, grüßte und fragte ihn: »Wie geht es Regine heute?«

»Nicht so gut. Sie ist schwach. Und heute Morgen hat sie gesagt, sie würde bald auf ihre letzte Reise gehen. Sie hat ein Testament geschrieben und einen Brief, den ich Ihnen im Falle ihres Todes geben soll. Sie hat mir Instruktionen gegeben, was alles zu regeln ist, wenn sie von uns geht. Ich fühle mich ziemlich schlecht und mache mir Sorgen um sie.«

»Das hört sich ja nicht sehr ermutigend an. Ich will mich ein bisschen zu ihr setzen. Ist sie im Wohnzimmer?«

»Ja, gehen Sie nur hinein. Sie wird sich freuen.«

Als sie Lilly sah, erhellte ein Lächeln Regines Gesicht. »Es ist gut, dass du kommst, Lilly. Mir ist noch etwas eingefallen zu meiner Begegnung mit Borghild. Ich hatte gar nicht richtig verstanden, was sie meinte. Aber dann musste ich wieder an meine Vergangenheit denken. Und jetzt weiß ich, was es ist.«

»Ach, Regine, ich habe den Eindruck, die Sache mit Borghild belastet dich doch zu sehr. Vielleicht war es unklug von mir, dich zu animieren, mir alles zu erzählen. Seit gestern Abend, als du mir von dem Unglück an der Talsperre erzählt hast, mache ich mir Sorgen um dich.«

»Nein, es ist alles in Ordnung. Es war gut, dir alles zu erzählen. Nur eine Sache habe ich dir bis jetzt verschwiegen. Das betrifft gar nicht Borghild, sondern mich. Borghild sprach ja neulich davon, dass die Brut von diesem Stockmann sich unter meinem Dach eingenistet hat. Aber jetzt fiel mir ein, was sie ganz genau gesagt hat.«

»Was?«

»Sie hat gesagt: *Der Mann, der sich hier eingenistet hat, trägt mein Medaillon, das mir der Stockmann abgenommen hat. Er hat gesagt, dass er es meinen Eltern gibt. Aber er hat es behalten. Und jetzt trägt es dieser Kerl. Er ist die Brut von diesem Stockmann und von dir. Ich kann es nicht ertragen.* Verstehst du, Lilly? Heiner ist die Brut von diesem Stockmann und von *mir*! Natürlich heißt er Stockmann und kann daher ein Nachfahre dieses Stockmanns aus Borghilds Vergangenheit sein. Aber von *mir*? Ja, möglich wäre es.«

»Nein, das verstehe ich nicht, Regine.«

»Kannst du auch gar nicht. Dazu muss ich dir etwas aus meiner Vergangenheit erzählen. Du weißt ja, dass ich verheiratet war. Es handelte sich sozusagen um eine Vernunftehe. Ich war ja schon vierunddreißig, als ich geheiratet habe. Da bekommt man keinen Traumprinzen mehr. Und ich war sicherlich auch keine Traumprinzessin.«

»Du hast nie etwas von deiner Ehe erzählt.«

»Mein Mann war gut zwanzig Jahre älter als ich. Er war schon einmal verheiratet gewesen und dann verwitwet. Mit seinen zwei Kindern kam er nicht so gut zurecht. Diese waren längst aus dem Haus, als er mich heiratete. In seinem Alter wollte er keine weiteren Kinder mehr in die Welt setzen. Im Grunde hat er mich genommen, weil er, wie das damals üblich war, eine Frau an seiner Seite brauchte, die sich um alles kümmerte, ihn umsorgte, den Haushalt führte und im Alter dann auch pflegen konnte. Ich hatte damals, das war Anfang der fünfziger Jahre, kaum noch eine Chance, einen jüngeren Mann zu finden und eine Familie zu gründen. Aber so, wie ich erzogen worden bin, hatte ich das Bedürfnis, versorgt zu sein. Und mein Mann war finanziell gut gestellt, hatte ein Haus und war im Grunde auch ein guter Mensch. Aber die Ehe lief nicht besonders. Was mein Mann nicht geben konnte, war Liebe. Es mangelte ihm an menschlicher Wärme. Er hatte in seiner Kindheit und später im Krieg so viel durchgemacht, dass er nicht in der Lage war, sich mit Haut und Haaren auf Menschen einzulassen. Was ich so hörte, war es in seiner ersten Ehe auch nicht anders. Und für seine Kinder war er immer nur der strenge Vater gewesen, der kein Verständnis für ihre Schwächen aufbrachte. Einen Freundeskreis hatte er auch nicht. Für mich war es im Grunde ein recht trostloses Leben.

Eines Tages wurde er von seiner Firma für ein halbes Jahr in die Schweiz geschickt. Ich war ja nicht mehr berufstätig und langweilte mich währenddessen zu Tode. Mein Mann kam in dieser Zeit nur ein einziges Mal nach Hause. Reisen war damals noch viel umständlicher als heute, und auf die Idee, mich für eine Zeit lang in die Schweiz kommen zu lassen, kam er nicht. Da mich die Arbeit im Haushalt nicht ausfüllte und ich auch keine Freundinnen hatte, fuhr ich oft nach Hamburg, um mir die Zeit zu vertreiben. Eines Tages lernte ich einen Mann kennen. Im Tierpark. Ich hatte meine Liebe für Hagenbecks Tierpark entdeckt, der so kurz nach der Zerstörung im Krieg gerade wieder aufgebaut wurde. Ich konnte dort den ganzen Tag verbringen. Für mich als Kleinstädterin war das einfach eine Sensation. Ich traf Theo bei den Affen. Wir hatten einen Riesenspaß, kamen ins Gespräch und haben dann den Rundgang gemeinsam fortgesetzt. Eine Woche später traf ich ihn dort wieder. Es war gerade so, also hätte er auf mich gewartet. Und ich muss ehrlich sagen: Ich hatte innerlich gehofft, ihn dort wiederzutreffen. Und so nahm das Schicksal seinen Lauf. Wir verabredeten uns, um etwas zu unternehmen. Theo konnte immer nur am Wochenende. Und ich freute mich die ganze Woche darauf, von Pinneberg nach Hamburg zu fahren, um ihn wiederzusehen. Aus Sympathie wurde Liebe. Und so kam es, dass die Leidenschaft entfacht wurde. Eine Leidenschaft, die ich bis dahin noch nie erlebt hatte. Als mein Mann aus der Schweiz zurückkam, war ich im dritten Monat schwanger.«

»Und wie stand dieser Theo dazu?«, wollte Lilly jetzt wissen.

»Es brach ihm das Herz, dass er eben nicht zu mir stehen konnte. Er hatte eine Frau, die er nicht verlassen wollte. Und er hatte drei fast erwachsene Kinder. Und für mich wäre es das Letzte gewesen, ihn zu bedrängen. Denn das wäre keine gute Grundlage für ein gemeinsames Leben gewesen.«

»Und was hast du deinem Mann gesagt?«

»Es war ja sowieso klar, dass es nicht von ihm sein konnte. Also habe ich ihm alles gebeichtet. Untreue, Ehebruch, ein Kind von einem Anderen – das war zu der Zeit so etwas wie ein Sakrileg. Ehebruch stand damals sogar noch unter Strafe. Aber ich glaube, das war für ihn nicht das Schlimmste. Er wollte keine Kinder mehr. Und das Kind eines Anderen großzuziehen, wäre für ihn absolut unmöglich gewesen. Er sah das alles sehr pragmatisch. Zu großen Emotionen war er nicht fähig. Er stellte mich vor die Alternative, zu gehen und mein Kind allein großzuziehen oder das Kind wegzugeben.«

»Sag bloß, du hast dich für Letzteres entschieden?«

»Ja«, hauchte Regine resigniert. »Da es ja ein eheliches Kind war, konnte solch eine Entscheidung nur mit Zustimmung meines Mannes getroffen werden. Wir haben uns also erkundigt, welche Möglichkeiten es gab, und uns dann für eine anonyme Adoption entschieden. Damit niemand in der Nachbarschaft von meinem Zustand erfuhr, zog ich bis zur Entbindung zu meiner Schwester nach Hannover. Sie war die Einzige, die davon wusste. Ich habe mein Kind nie gesehen. Ich wusste nur, dass es ein Junge war. Es wurde mir versichert, dass er an ein Ehepaar vermittelt wurde, das sich sehnlichst ein Baby wünschte und dass es dem Kind dort gut gehen würde. Dann bin ich zu meinem Mann zurückgekehrt. Bis zu seinem Tod haben wir so getan, als ob diese ganze Sache nie geschehen wäre.«

»Das stelle ich mir furchtbar vor, Regine.«

»Glaube mir, es ist seitdem kein Tag vergangen, an dem ich nicht an das Kind gedacht hätte. Und nun eröffnet mir Borghild, dass Heiner mein Kind sei. Und ich glaube ihr. Ich habe vorhin das Geburtsdatum in seinem Arbeitsvertrag nachgesehen. Es stimmt.«

»Und was willst du nun mit deiner Erkenntnis anfangen?«, fragte Lilly.

»Ich möchte jetzt Heiner sprechen. Und du sollst dabei sein. Würdest du ihn bitte rufen?«

KAPITEL 21

Als Heiner hereinkam, fragte er die beiden Frauen, ob er ihnen etwas zu trinken bringen solle. Nachdem diese abgelehnt hatten, setzte er sich und schaute gespannt erst zu Lilly, dann zu Regine, die auch das Wort ergriff: »Heiner, du bist am 15. Februar 1955 in Hannover geboren? Stimmt das?«

»Ja, mein Geburtsdatum steht ja auch in dem Arbeitsvertrag, den wir geschlossen haben.«

»Heiner, ich frage das jetzt aus einem wirklich wichtigen Grund: Weißt du, ob du ein Adoptivkind bist?«

Er merkte, wie er eine Gänsehaut bekam. Niemand wusste es. Nie hatte er mit irgendjemandem darüber gesprochen. »Woher ... äh ... woher wissen Sie ...«

»Also, du bist adoptiert worden? Hat dir das deine Mutter erzählt?«

Er musste sich erst mal sammeln und fing dann an, zu erzählen: »Meine Eltern wollten es mir nie erzählen. Eines Tages, als ich fünfzehn war, hatte ich, wie üblich, einen fürchterlichen Streit mit meinem Vater. Ich habe ihm damals wirklich sehr zugesetzt mit meinem pubertären Geplänkel. Es ging so weit, dass wir uns gegenseitig an den Kragen gingen, und es hätte nicht viel gefehlt, dann hätten wir uns geprügelt. Jedenfalls rutschte meinem Vater damals heraus: *Das hat man davon, wenn man ein fremdes*

Kind großzieht. Ich konnte in dem Moment nichts damit anfangen, habe aber Tage später begonnen, meine Eltern damit zu nerven. Und schließlich haben sie mir erzählt, dass sie mich nach meiner Geburt adoptiert hätten.«

»Hat dich das belastet? Oder wolltest du je herausfinden, wer deine leiblichen Eltern sind?«, fragte Regine.

»Es hat mich nicht belastet. Besonders später, als ich der Pubertät entwachsen war, war mein Verhältnis zu meinen Eltern sehr gut. Und ich hatte auch eine gewisse Scheu, fast Angst, meine leiblichen Eltern kennenzulernen. Und ich wusste ja auch gar nicht, ob diese das überhaupt wollten. Aber woher wissen Sie das?«

Nun begann Regine, ihre Geschichte Heiner zu erzählen. Als sie fertig war, nahm er ihre Hand und streichelte sie zärtlich.

»Das ist so unglaublich. Und ich bin so dankbar, dass es so gekommen ist. Ich möchte dir sagen, dass ich auch nicht im Geringsten böse bin, dass du mich weggegeben hast. Ich hatte eine gute Kindheit. Meine Eltern betrieben ein Geschäft für Damenbekleidung, das meine Mutter dann nach dem Tod meines Vaters weiterführte. Er starb vor fünfundzwanzig Jahren und meine Mutter vor fünfzehn Jahren. Zum Schluss lief es nicht mehr so besonders, sodass meine Eltern mir nicht viel hinterlassen konnten. Aber das spielt keine Rolle. Sie haben mir eine gute Kindheit geschenkt.«

Jetzt mischte sich Lilly ein: »Sie sagten mal, Ihre Familie stammte aus Lautenthal?«

»Ja, die Familie meines Vaters war hier wohl lange ansässig. Mein Vater ist auch hier geboren. Aber aufgrund der beruflichen Perspektiven ist er als junger Mann nach Hannover gegangen. Von der gesamten Sippe wohnt niemand mehr hier. Und nun hat es mich hierher verschlagen, weil ich den Ort schon als Kind sehr mochte. Und dass ich hier nun meine leibliche Mutter kennenlerne, ist einfach unglaublich.«

Als Lilly das Haus ihrer Freundin verließ, herrschte eine kaum beschreibbare Harmonie unter diesem Dach. Für Regine schien ein Knoten durchschnitten, der sie zeit ihres Lebens bedrückt hatte. Und Heiner empfand es als Geschenk, mit dem er nie gerechnet hätte.

KAPITEL 22

»Wo willst du hin?«, fragte Gretel ihre Freundin Lilly.

»Das überlege ich mir, wenn ich da bin«, war deren patzige Antwort.

»Und was willst du machen, wenn du ihn findest?«

»Das kannst du mich fragen, wenn ich ihn umgebracht habe.«

Lilly war in Rage wie selten zuvor. Was sie eben gerade erlebt hatte, ließ sie jegliche Selbstbeherrschung und Contenance über den Haufen werfen. Sie hätte zur rasenden Wildsau werden können, wie Gretel es auszudrücken pflegte. Gretel hatte ihre Freundin noch nie so erlebt.

Was war passiert? Lilly und Gretel hatten vor einiger Zeit den dicksten Mann kennengelernt, den sie je gesehen hatten: Dr. Alt, einen Wissenschaftler, der an einem privaten Forschungsinstitut in Clausthal beteiligt war. Er verfügte über ein Patent, dessen Verwertungsrechte er an ein Unternehmen verkauft hatte, das nun Lillys Großneffen Amadeus gehörte. Und dieses Unternehmen weigerte sich, das Patent zu vermarkten, weil es von der Rüstungsindustrie genutzt werden konnte. Dr. Alt und seine Geschäftspartner waren sauer. Um zu demonstrieren, was man unter Verwendung dieses Patents alles machen konnte, kam er eines Tages auf die Idee, in Lillys Garten unter Zuhilfenahme einer Drohne und eines Laserstrahls ein winziges Loch in den Kuchen zu bohren, der auf dem Tisch stand. Allerdings hatte er den Streufaktor falsch eingegeben und das große Kuchentablett schmolz zu einem Klumpen zusammen. Und vor Schreck hatte Gretel auch noch die schöne Himbeertorte fallen lassen. Heute nun wollte der Mann das wiedergutmachen und schickte eine Drohne mit einer Himbeertorte in Lillys Garten. Am Telefon befahl sie ihm vehement, diesen Unsinn gefälligst sein zu lassen. Aber er hörte nicht auf sie. Dann wurde der Mann durch einen Streit mit seinen Kollegen abgelenkt, von denen er sich gerade trennte. Und es kam, was kommen musste: Die Drohne geriet ins Schwanken, und aus zwei Metern Höhe klatschte die Himbeertorte hinunter – direkt auf Lillys Kopf. Wutschnaubend brüllte sie ins Handy: »Ich bringe Sie um!«

Dr. Alt hatte sich mit seinen Gesellschaftern derart gefetzt, dass es zur Trennung gekommen war. Zum Glück konnte er es sich leisten, die beiden Kollegen auszuzahlen. Er würde sich nach geeigneteren Mitarbeitern umsehen, die nicht so mimosenhaft sein würden. Natürlich war es bezüglich seines gewaltigen Körperumfangs und seiner unorthodoxen Essgewohnheiten auch zu Beleidigungen gekommen. Sollten sie doch zum Teufel gehen. Und wenn schon nicht zum Teufel, dann wenigstens aus seinem Blickfeld. Die beiden Männer trugen ihre privaten Designer-Möbel aus dem Büro hinaus, die dann abgeholt werden sollten, warfen Alt die Firmenschlüssel auf den Tisch und gingen – der eine grußlos, der andere mit der Bemerkung, er solle doch seinen Scheiß allein machen und aufpassen, dass er nicht platzte. Das war's.

Was ihm wirklich leidtat, war die Sache mit Fräulein Höschen. Er mochte diesen alten Satansbraten komischerweise, und dessen Freundin Gretel auch. Allerdings war es ein Bild für die Götter gewesen, auf dem Bildschirm zu verfolgen, wie dem alten Mädchen die Himbeertorte auf den Kopf geklatscht war.

Nach einiger Zeit sah er das Auto von Fräulein Höschen auf den Hof fahren. »Himmel, steh mir bei!«, sandte er ein Stoßgebet nach oben. Im selben Moment fuhr ein LKW an den Straßenrand. *Das werden die Leute sein, die die Designermöbel seiner ehemaligen Gesellschafter abholen*, dachte er. Aber er dachte es eben nur. Dann traute er seinen Augen nicht mehr. Es war der Sperrmüllwagen. Zwei Leute von der Müllabfuhr bugsierten das wertvolle Sofa aus Büffelleder, zwei ebensolche Sessel und einen sündhaft teuren Tisch innerhalb einer halben Minute in den Wagen, in dem alles sofort durch den Wolf gedreht und zusammengequetscht wurde. Als Fräulein Höschen und ihre Freundin Gretel Kuhfuß sein Büro ohne anzuklopfen betraten, lachte er immer noch über das, was er gerade aus dem Fenster beobachtet hatte. Seine ehemaligen Kollegen hatten soeben zwanzigtausend Euro durch die Müllabfuhr vernichten lassen.

Dann prasselte das erwartete Donnerwetter über ihn herein. Zu seiner Verwunderung fiel dieses allerdings nicht so schlimm aus, wie er es sich vorgestellt hatte. Offenbar war während der Autofahrt hierher schon einiges verpufft. Lilly beendete ihre Strafpredigt mit den Worten: »Und wenn Sie mich mit Ihren albernen Drohnen noch einmal malträtieren, dann sperre ich Sie für eine Woche ein und Sie bekommen nichts zu essen, Sie Einstein für Arme!«

Als er dann auch mal zu Wort kam, sagte er: »Verehrtes Fräulein Höschen, ich stehe zutiefst in Ihrer Schuld. Ich will gar nicht versuchen, mich herauszureden. Sie haben mit allem, was Sie mir an den Kopf geworfen haben, recht. Ich werde es wieder gutmachen. Diesmal aber ohne Drohnen.«

In dem Moment stürmte einer der ehemaligen Gesellschafter von Dr. Alt ins Büro und rief ganz aufgeregt: »Wo sind meine Designermöbel?«

Gretel, die es sehr unhöflich fand, wenn einfach dazwischengequatscht wurde, sagte: »Sind Sie so schwerfällig, dass Sie nicht merken, dass wir uns gerade mit Dr. Alt unterhalten? Die Möbel wurden übrigens vor ein paar Minuten vom Sperrmüllwagen abgeholt. Und jetzt gehen Sie bitte durch das große Loch, das sich da in der Wand befindet. Sie stören.«

Kopflos rannte der Mann hinaus. Es entstand eine kurze Pause, und dann fingen alle drei fürchterlich an zu lachen. Schließlich sagte Lilly: »Das Leben ist zu kurz, um sich länger zu ärgern als unbedingt notwendig. Ich denke, da wir jetzt schon mal hier sind«, dabei sah sie Gretel an, »besuchen wir noch die Sauschlägers. Und Sie, Herr Alt, lassen sich bitte etwas einfallen, um uns zu besänftigen. Und hören Sie endlich auf, mit Ihren albernen Drohnen herumzuspielen. Das ist etwas für erwachsene Menschen, nichts für Kindsköpfe wie Sie.«

Außer Lilly und Gretel kam an diesem Nachmittag noch jemand auf die Idee, mal nach den Sauschlägers zu schauen. Ein ehemaliger Clausthaler, der dort vorbeikam, hatte gehört, dass da hinter dem Wäldchen die Sauschlägers wohnen sollten. Er hatte zwar keinerlei Beziehung zu ihnen, aber er konnte sich daran erinnern, dass er und Hannes die ersten Jahre auf dieselbe Grundschule gegangen waren, bevor er aufs Gymnasium und Hannes auf die Sonderschule gekommen war. Jetzt war er von einer unstillbaren Neugier beseelt, einfach mal dort auf das Grundstück zu fahren und zu schauen. Bereits nach zwanzig Metern bereute er seine Entscheidung, denn die Schlaglöcher auf dem Weg bekamen seiner Luxuskarosse nicht sehr gut.

Als er nach zweihundert Metern das von Bäumen und Sträuchern umwucherte Anwesen erreicht hatte, baute sich ein stoisch dreinblickender Mann vor ihm auf. Nachdem er den Wagen, der ohnehin nur im Schneckentempo gefahren war, angehalten hatte, ging der Kerl ganz langsam um das Auto herum und inspizierte es ungläubig, als handele es sich um ein Raumschiff aus einer fernen Galaxie. Jens öffnete vorsichtig die Tür und stieg aus. Der Mann stand nun mit verschränkten Armen vor ihm und starrte ihn an.

»Was willstn du hier? Vörzich Jahr lässt de dich net blicken und denn kimmste mit dein albern Protzkarrn hier angeschissen.«

Ein unsicher dreinschauender Jens gab zurück: »Hannes? Bist du es wirklich? Hast du mich tatsächlich erkannt? Wir waren doch noch Kinder ...«

»Warum soll ich dich denn net erkannt ham? Su äne Fresse gibts nur ämol auf dar Welt. Nu mach hin, kumm her, setz dich hin und trinkn Bier mit mir.«

Jens folgte ihm auf die Terrasse und nahm Platz. Als Hannes ein Bier aus der Kühlbox holte, wehrte er zunächst ab, was Hannes aber nicht im Geringsten interessierte. Er öffnete die Flasche und reichte sie ihm.

»Trink und haltn Rand.«

Dann stießen sie mit ihren Flaschen an, und Jens nahm einen kleinen Schluck, um Hannes nicht zu beleidigen. Aus dem Haus kam jetzt eine leicht aufgetakelte, durchaus hübsche Frau, die ihm als Rita vorgestellt wurde.

Aus dem angrenzenden Wald tauchten zwei Kinder auf, ein Junge und ein Mädchen, etwa zehn und acht Jahre alt, die den Wagen des Besuchers von allen Seiten genau unter die Lupe nahmen.

Für Hannes war es offenbar das Selbstverständlichste auf der Welt, dass man sich nach vierzig Jahren, in denen man sich nicht gesehen hatte, unterhielt, als sei die Zeit damals stehengeblieben.

»Idyllisch habt ihr es hier«, sagte Jens.

Er hatte den Satz kaum ausgesprochen, als sich ein weiteres Fahrzeug durch die Schlaglöcher auf das Grundstück vortastete. Es war der weiße Passat von Lilly Höschen. Rita sprang auf und rief: »Ach, du Scheiße, es Lilly kimmt. Und es Gretel is aach dabei.«

Rita ging auf den Wagen zu, der neben dem von Jens platziert wurde, und nahm anschließend ihren Besuch mit auf die Terrasse. Dort begrüßten die beiden Frauen zunächst Hannes, dann reichte Lilly einem verwundert dreinschauenden Jens die Hand, um ihn ungeniert zu inspizieren. Natürlich hatte Jens gehofft, Lilly würde ihn nicht erkennen. Sie war ja nur für kurze Zeit seine Lehrerin gewesen, und das war gut und gern fünfunddreißig Jahre her.

Aber Lilly sagte: »Nun, Jens Heye, du hast dich nicht wirklich verändert in den letzten fünfunddreißig Jahren. Sicherlich ist deine Haarpracht etwas spärlicher geworden, aber vom Typ her bist du wie eh und je. Ich hoffe, dass du nach dem Schulwechsel doch noch auf die Idee gekommen bist, ab und zu mal deine Hausaufgaben zu machen, sodass etwas Ordentliches aus dir geworden ist.«

Jens fühlte sich wieder wie ein kleiner Junge. Rita hatte in der Zwischenzeit aus dem Haus Kaffee und Kekse geholt. Dabei musste sie auf den Vorrat zurückgreifen, den ihr ältester Sohn neulich gebacken hatte, ohne zu wissen, was für ein besonderes Gewürz er hineingemischt hatte. Es handelte sich um Haschkekse, wie die älteren Semester dieses Gebäck nennen würden, die das Gemüt innerhalb kurzer Zeit erstaunlich aufhellen konnten. Nachdem, außer Lilly, alle ein paar Kekse gegessen hatten, herrschte eine ausgelassene Stimmung auf der Sauschlägerschen Terrasse. Nach einiger Zeit kam ein weiteres Auto auf das Grundstück gefahren. Es war der in die Jahre gekommene amerikanische Straßenkreuzer des Dr. Alt. Dieser hatte, wie immer, Mühe beim Aussteigen. Nachdem er sein gewaltiges Gewicht dann endlich aus dem Wagen gehievt hatte, nahm er vom Rücksitz ein gigantisches Kuchenpaket und steuerte auf die Terrasse zu. Er kannte die Sauschlägers nur oberflächlich, wurde von diesen aber so überschwänglich begrüßt, als seien sie die dicksten Freunde. Die Kekse taten ihre Wirkung. Der Kuchen wurde auf den Tisch gestellt und alle bedienten sich. Inzwischen hatte Rita Sekt aus dem Haus geholt und schenkte allen ein.

Als Markus, der älteste Sohn der Sauschlägers, angefahren kam, wunderte er sich über die Ausgelassenheit der Leute auf der Terrasse und ging schnell ins Haus. Das hätte er sich ja denken können. Die Kekse waren weg. Kein Wunder, dass die Alten so verrückt spielten. Ohne sich auf ein Gespräch einzulassen, winkte er den Gästen seiner Eltern nur kurz zu, stieg in sein Auto und verschwand wieder aus der Gefahrenzone.

Die beiden jüngsten Kinder hatten währenddessen Jens' Auto untersucht. Auf dem Rücksitz fanden sie ein in Cellophan verpacktes Brautkleid, das dieser im Auftrag seiner Zukünftigen abgeholt hatte. Denn in ein paar Tagen sollte geheiratet werden. Da kam das achtjährige Mädchen auf eine Idee. Sie hatten doch neulich im Wald diese ausrangierte Schaufensterpuppe gefunden. Zuerst hatten sie angenommen, es handele sich hierbei um eine Leiche. Aber es war nur solch ein Plastikteil, das früher mal in Schaufenstern herumgestanden hatte. Es stand jetzt im Schuppen. Sie holte die Puppe und zog ihr das wunderschöne Kleid an, um sie dann mit Hilfe ihres Bruders auf die Kühlerhaube von Jens' Auto zu setzen. Unter normalen Umständen hätte Jens jetzt der Schlag getroffen. Seine Braut würde ihn umbringen, wenn sie wüsste, was hier vor sich ging. Aber in dieser fantastischenIeksstimmung war alles etwas anders. Er fing an zu lachen. Dann meldete sich sein Handy. Es war Jacki, seine Zukünftige. Sie fragte nach seinem Verbleib und vor allem nach dem ihres Kleides. Jens erwiderte, er wisse nicht, ob er heute noch fahren könne. Es sei alles so weich um ihn herum. Und wenn er versuche zu gehen, sei alles wie Butter. Jacki begann, sich ernsthaft Sorgen zu machen. Es gelang ihm noch, ihr die Koordinaten durchzugeben, damit sie ihr GPS einstellen konnte. Sie würde sich jetzt auf den Weg machen und ihn abholen.

Lilly wurde die ausgelassene Stimmung allmählich etwas unheimlich. Jens hatte zwar vorhin schon gesehen, dass auf der Kühlerhaube seines Wagens eine Schaufensterpuppe saß, aber jetzt hielt er diese für eine Frau und fing fürchterlich an zu lachen. Die Kekse taten ihre Wirkung, und er rief: »Genau so ein Kleid, wie diese Frau, die auf meinem Auto sitzt, es trägt, habe ich für meine Braut abgeholt. Es liegt im Wagen.«

Dr. Alt hingegen erkannte, dass es sich um eine Puppe handelte und kam auf eine Idee. Seine Firma, auf deren Dach mehrere Drohnen parkten, darunter auch ein besonderes Exemplar, das sich zum Transport schwerer Gegenstände eignete, war nur ein paar Hundert Meter Luftlinie entfernt. Er nahm ein Gerät aus der Jackentasche und tippte ein paar Befehle ein. Zwei Minuten später erschien die Drohne über Jens' Wagen und packte mit den Greifern den Kopf der Puppe, um sie der Länge nach in die Luft zu ziehen. Plötzlich hing die Puppe im Geäst des Baumes und die Drohne stürzte ab.

Gretel rief: »Die Frau in dem Brautkleid hat sich im Baum aufgehängt«, und alle lachten, nur Lilly nicht. Ihr wurde aufgrund der Stimmung um sie herum immer unheimlicher zumute. Nachdem auch Dr. Alt einen Keks probiert hatte, weil grundsätzlich nichts Essbares vor ihm sicher war, wurde auch er zunehmend fröhlicher. Schließlich kam Gretel auf die Idee, ihn zum Tanzen aufzufordern. Da sie nur einen Keks gegessen hatte, war sie im Gegensatz zu den meisten anderen dazu noch in der Lage. Unter normalen Umständen hätte Alt dies vehement abgelehnt. Aber so ließ er sich hinreißen und wiegte sich mit Gretel zu der aus den Lautsprechern dröhnenden Country-Musik. Als er vor Erschöpfung nicht mehr konnte, setzte er sich auf die Bank. Gretel kam auf die verhängnisvolle Idee, auf seinem Schoß Platz zu nehmen. Es machte *klack* und die Bank brach zusammen. Die Lachanfälle nahmen allmählich überhand, und nachdem sich die beiden aufgerappelt hatten, teilte Lilly ihrer Freundin mit, dass sie jetzt fahren würden. Jens widersprach vehement, führte an, dass seine zukünftige Frau doch gleich kommen würde, die sie unbedingt kennenlernen sollte. In diesem Moment fiel ein Bein auf den Jaguar. Es handelte sich um das mit Packband angeklebte Gliedmaß der Schaufensterpuppe.

»Die Braut hat ein Bein verloren«, brüllte Gretel, und alle brachen in erneutes Gelächter aus.

Nur Lilly wurde allmählich ungehalten und sagte zu Gretel: »Komm jetzt gefälligst mit ins Auto! Ich bin es leid.«

Darauf Gretel: »Ach, Lilly, hör auf zu jammern. Wenn du so weitermachst, verkaufe ich dich nach Sizilien. Da machst du dann Karriere als Klageweib.«

Lilly wollte es einfach nicht gelingen, ihre Freundin ins Auto zu bugsieren. Sie konnte sie in diesem Zustand allerdings auch nicht allein zurücklassen. Wer weiß, was hier noch alles passieren würde. Es dauerte noch fast eine Stunde, dann fuhr ein Mini auf das Grundstück, dem eine ungläubig dreinschauende junge Frau entstieg. Wo war sie hier nur hingeraten? Das war die reinste Ansammlung von Verrückten. Und ihr Bräutigam mittendrin. Alle lachten und johlten. Es standen Sekt- und Bierflaschen auf dem Tisch, laute Musik dröhnte. Nachdem alle sie begrüßt hatten, redete eine alte Dame, die sich als Lilly vorgestellt hatte, auf sie ein: »Kindchen, nehmen Sie Jens und bringen sie ihn möglichst weit weg von hier. Ich weiß nicht, was hier los ist. Plötzlich sind alle verrückt geworden. Hauen Sie ganz schnell ab, bevor es vielleicht auch noch auf Sie übergreift.«

Jacki bekam es tatsächlich mit der Angst und schnappte den Mann, den sie in Kürze heiraten wollte, und verfrachtete ihn auf die Rückbank seines Autos. Ihren Mini würde sie morgen abholen. Hauptsache, erst mal raus aus der Gefahrenzone. Sie startete den Motor und setzte ein Stück zurück. Da fiel plötzlich eine Frau in Weiß vor ihr auf den Boden. Sie bekam einen riesigen Schreck und sprang aus dem Wagen, um zu sehen, ob sie noch lebte. Als sie erkannte, um was für eine Art von Frau es sich handelte und dass diese Dame ihr wertvolles Brautkleid trug, hätte sie ihren Zukünftigen würgen können. Aber das brachte jetzt auch nichts. Sie zog der Puppe das Kleid aus und legte es sorgfältig zusammen, um es auf dem Beifahrersitz zu deponieren. Dann fuhr sie los.

Jens würde erst am nächsten Tag sehen, was die Sauschläger-Kinder mit ihren Klebebuchstaben an seiner Luxuskarosse angebracht hatten. An der linken Fahrertür war zu lesen: *Geheimdienstauto*. Und rechts stand in leuchtend roten Lettern: *Trimm dich sexy*.

KAPITEL 23

Der Tag danach war für Rita Sauschläger der reinste Katzenjammer. Als sie endlich aus dem Bett kam und das Chaos sah, hätte sie sich am liebsten wieder hingelegt. Draußen Ordnung zu machen konnte warten. Aber in Küche und Wohnzimmer sah es genauso schlimm aus. Auf ihren Mann konnte sie nicht zählen. Der pflegte seinen Kater. Die Kinder waren alle in der Schule oder bei der Arbeit. Offenbar hatten sich die Älteren um die beiden Kleinen gekümmert und sie zur Schule gebracht. Als sie sich mit einer Tasse Kaffee im Chaos des Wohnzimmers niederließ, beobachtete sie die Perserkatze, die unter dem Jugendstilsofa mit einem kleinen Gegenstand herumspielte. Bei genauem Hinsehen wurde sie aufgeregt. Konnte das wahr sein? Sie griff nach dem Gegenstand, die Katze miaute, weil man ihr das Spielzeug wegnahm, und sie hatte plötzlich einen wunderschönen Smaragdring in der Hand. Der musste heruntergefallen sein, als Hannes neulich den Schmuck aus dem Karton auf den Tisch gekippt hatte. Und die Katze hatte ihn gefunden. Sie steckte sich den Ring an den Finger, lächelte verzückt und sagte zu sich selbst: »Das is de Entschädichung for de ganze Aufrächung.«

Gretel konnte sich nur dunkel an das erinnern, was sich auf dem Sauschlägerschen Grundstück zugetragen hatte. Aber das reichte, um ihr die Schamesröte ins Gesicht zu treiben, als Lilly ihr haarklein erzählte, was los gewesen war.

»Irgendwas ist da völlig aus dem Ruder gelaufen«, sagte Gretel. »Wie komme ich denn dazu, mich bei diesem dicken Dr. Alt auf den Schoß zu setzen? Ob die uns was in den Kaffee getan haben?«

»Ich habe auch Kaffee getrunken und mich nicht auf den Schoß von irgendeinem Kerl gesetzt«, sagte Lilly. »Es muss also etwas anderes gewesen sein.«

»Hast du eigentlich die Kekse probiert?«

»Das ist es«, schoss es aus Lilly heraus. »Meine alte Freundin Hermine hat auch mal Kekse produziert, die Cannabis enthielten. Das Ergebnis war, dass nach einer Dessous-Party dann einige Frauen in Unterwäsche durch die Stadt gelaufen sind.«

»Mein Gott, da habe ich ja noch Glück gehabt, dass mir das erspart geblieben ist.«

Gretel wollte heute endlich wieder nach Hause fahren. Dieses Mal war sie ziemlich lange bei Lilly geblieben. Sie wäre schon eher wieder nach Braunlage gefahren, wenn da nicht die Sache mit Regine gewesen wäre. Sie hatte unbedingt das Ende ihrer Geschichte erfahren wollen. Jetzt hatte Regine sie zu Ende erzählt, also konnte sie auch wieder nach Hause zurück. Allerdings wollte sie sich noch bei ihr verabschieden. So oft kam sie ja auch nicht nach Lautenthal. Und in dem Alter. Wer weiß, ob sie sich noch einmal wiedersehen würden.

Nach einem späten Frühstück – auf das Mittagessen würde man heute verzichten, fuhren Lilly und Gretel den Berg hinunter. Ein paar Minuten später saßen sie bei Regine im Garten. Es war angenehm warm. Heiner hatte es seiner Mutter behaglich gemacht. Man sah den beiden an, dass sie das Wissen um ihre natürliche Verbundenheit als

Geschenk annahmen. Regine schien am Ende ihres Lebens mit Gott und der Welt versöhnt. Es hätte für sie nicht besser kommen können. Auch Heiner hatte eine gewisse Ruhe gefunden. All die verrückten Sachen, die er im Leben gemacht hatte, seine Spielsucht, die ihn zwang, dem Geld nachzujagen bis hin zur Beteiligung an einem Verbrechen, spielten jetzt keine Rolle mehr.

Nach einer halben Stunde verabschiedeten sich die beiden Frauen. Gretel nahm Regine in den Arm und sagte: »Es war ganz wunderbar, dich kennenzulernen. Danke für dein Vertrauen, dass ich deine Geschichte hören durfte.«

Lilly und Gretel wollten noch ein Stündchen im Garten sitzen und dann gegen Abend nach Braunlage fahren. Als sie es sich oben in der Sitzecke gerade gemütlich gemacht hatten, kam der alte Herr Kixmüller mit Elena die Treppe hoch. Die junge Frau fühlte sich sichtlich wohl bei den Kixmüllers. Zum ersten Mal erzählte sie jetzt ganz freimütig, wie sie eigentlich zu der Stellung gekommen war. Dass sie gar nichts mit irgendeiner Agentur aus Berlin zu tun hatte, dass Lilly sie wohl rein zufällig am Bahnhof aufgelesen hatte, als sie das Elena-Schild hochhielt und sie zufällig auch Elena hieß. Unter dem Gelächter ihrer Zuhörer erzählte sie auch recht verschämt, dass ein Polizist sie wegen des Mundraubes verfolgt hätte.

»Elena, wenn ich wieder in Goslar bin, besuche ich den Bäckereistand und werde dort die zwei Croissants bezahlen«, sagte Lilly.

Mitten in diese ausgelassene Stimmung kam plötzlich Amadeus in den Garten.

»Nanu, Amadeus! Was machst du denn hier? Hast du Frau und Kind nicht mitgebracht?«

»Hallo, zusammen. Nein, ich hatte etwas in der Nähe

zu erledigen und dachte, dass ich mal kurz vorbeischaue. Ich bin ja bis jetzt noch nicht schlau geworden, was es eigentlich mit dieser Entführung auf sich hatte. Vielleicht erzählst du mir endlich mal, was eigentlich los war, Tante Lilly.«

»Ach, Amadeus, es hat sich inzwischen alles in Wohlgefallen aufgelöst. Erzähle du lieber, wie es Frau und Tochter geht. Gibt es etwas Neues?«

»Nein, eigentlich nicht. Das heißt, man hat mir in Amerika einen Ehrendoktortitel verliehen. Weil ich dieses Riesenvermögen, mit dem ich nichts zu tun haben wollte, an eine Stiftung gegeben habe.«

»Oh, Herr Doktor. Darf ich trotzdem weiterhin Amadeus zu dir sagen?«

»Ich bitte darum. Am Ende denken die Leute noch, ich hätte mir den Titel gekauft.«

Jetzt mischte sich Alfred Kixmüller ein: »Ich hatte mal einen Mitarbeiter, der war Doktor der Philosophie.«

»Was hatten Sie denn für ein Unternehmen?«, fragte Amadeus.

»Einen großen Installationsbetrieb für Heizung, Klima, Sanitär, Gas und Wasser. In der Branche sagt man allerdings kurz und knapp *Gas, Wasser, Scheiße.*«

Lilly mischte sich ein: »Das hätte ich jetzt nicht gedacht. Ich hätte eher vermutet, Sie seien Heizdeckenvertreter oder Glückskeksphilosoph. Dazu hätte dann ja auch Ihr Mitarbeiter gepasst.«

Amadeus ignorierte die Bemerkung seiner Großtante und fragte: »Aha. Und was macht ein Doktor der Philosophie in einem Installationsbetrieb?«

»Der Bengel hatte erst Installateur gelernt und anschließend studiert und promoviert. Aber das war eine brotlose Kunst. Da ist er wieder in seinen alten Beruf zurückgekehrt. Als er einmal zu einem Urologen gerufen wurde, weil das Klo verstopft war, stellte dieser sich vor mit *Dr. Brandt, Facharzt für Urologie.* Und mein Mitarbeiter sagte: *Dr. Lösche, Fachinstallateur für Scheiße.* Als der Arzt fragte, wozu man denn in seinem Gewerbe einen Doktortitel brauche, antwortete er: Wenn schon ein Pinkelfritze einen Doktor hat, wolle er doch nicht nachstehen. Der Arzt dachte anscheinend, dass mein Mitarbeiter ihn nur hochnehmen wollte. Also fragte er, wie denn der Titel seiner Dissertation hieße. Und der antwortete ganz keck: *Das Popoklatschen als erzieherische Maßnahme vom ausgehenden 19. Jahrhundert bis Mitte des 20. Jahrhunderts unter besonderer Berücksichtigung von Urologen mit verstopften Wasserspülklosetts.* Der Arzt hatte es ihm zwar immer noch nicht abgenommen, dass er wirklich promoviert hatte. Aber immerhin bewies er Humor und lachte.

»Was ist denn das?«, fragte Gretel ganz erstaunt. Aus Richtung Kranichsberg bezog sich der Himmel schwarz. Das Tempo, in dem das Unwetter aufzog, war ungewöhnlich hoch. Nun erreichte die schwarze Wand die Sonne, und es wurde merklich kühler und dunkel.

»Lasst uns schnell reingehen«, sagte Lilly.

Elena hakte Alfred Kixmüller unter und machte sich auf den Weg, um die Stufen hinunter und nach nebenan zu kommen, bevor es losging. Amadeus und Gretel schnappten sich Gläser und Tassen, Lilly legte eine Plane über Tisch und Gartenstühle, und innerhalb weniger Minuten war man im Haus. Inzwischen war dieser sonnige Tag zur Nacht geworden. Lilly und Gretel konnten sich nicht erinnern, dass jemals ein Unwetter mit einer solchen Geschwindigkeit heraufgezogen war. Ohne jede Vorwarnung. Zuvor waren ja nur ein paar weiße Schönwetterwolken am Himmel gewesen. Lilly und Gretel sahen sich bange an.

Und Amadeus sagte: »Ich warte erst mal ab. Bei dem Unwetter fahre ich nicht los. Ich rufe mal eben zu Hause an.« Seine Frau Marie berichtete ihm, in Goslar sei das herrlichste Wetter.

Der Mann in der Wetterwarte traute seinen Augen nicht. Was war das denn? Wo kam das auf einmal her? Der Bildschirm zeigte kaum Wolken. Nur in einem Bereich von etwa fünf Kilometern Länge und vier Kilometern Breite war es schwarz. Wie konnte es so schnell, und vor allem unbemerkt, dazu kommen? Das sah nach einem gewaltigen Unwetter aus. Wahrscheinlich würde es gleich Starkregen geben. Auch mit Hagel musste man rechnen.

Die Menschen verließen fluchtartig die Badeanstalt. Wer sich noch draußen aufhielt, beeilte sich, ins Haus zu kommen. Wer zu Fuß unterwegs war, schaute sich um, wo er Schutz fand.

Regine saß in ihrem bequemen Sessel und schaute hinaus in die Dunkelheit. Ein erster Blitz zuckte am Himmel. Heiner saß ihr gegenüber. Regine wurde, seit der Besuch gegangen war, zunehmend schwächer. Aber sie wollte keinen Arzt sehen. Heiner war besorgt. Dazu jetzt auch noch dieses bedrohliche Unwetter. Die reinste Weltuntergangsstimmung. Ein herrlicher sommerlicher Nachmittag, der ohne Vorwarnung in dunkle Nacht überging. Das hatte er noch nicht erlebt.

Jetzt sagte Regine etwas: »Nein, Borghild, tu das nicht. Komm einfach mit mir. Ich zeige dir den Weg. Den Weg ins Licht.«

»Regine, Mutter, was ist?« Heiner wusste nicht mehr ein noch aus. Jetzt unterhielt sie sich mit dieser Borghild.

»Borghild, da wo wir hingehen, brauchst du kein Medaillon. Folge mir einfach. Gib mir deine Hand. Verbünde dich nicht mit dem Bösen.«

Als Heiner aus dem Fenster in die Finsternis schaute, wurde er bleich. Da stand sie: ein Mädchen von vielleicht fünfzehn Jahren, in zerlumpten Kleidern, die an ihrem dürren Körper herunterhingen, eine geschundene Kreatur. In ihrem Gesicht hatten sich Trauer und Elend von Jahrhunderten eingegraben. In ihren Augen war noch etwas anderes: Wut. Das war Borghild. Sie stand im Vorgarten und schaute durch das Fenster. Schaute ihn an und Regine, die mit geschlossenen Augen in ihrem Sessel saß. Dann erkannte er, dass um das Mädchen herum noch andere Gestalten standen. Alte und junge. Auch kleine Kinder. Eine elend aussehende Frau, der die Verzweiflung ins Gesicht geschrieben stand, hielt ein in Lumpen gewickeltes Baby auf dem Arm. Sie standen einfach nur da und schauten auf das Haus, durch das Fenster, in seine und Regines Seele. Heiner stand auf, nahm die Kette mit dem kupfernen Medaillon ab und legte sie Regine um. Sie lächelte und fing leise an zu singen:

Geh aus mein Herz und suche Freud
in dieser lieben Sommerzeit
an deines Gottes Gaben:
Schau an der schönen Gärten Zier,
und siehe wie sie dir und mir
sich ausgeschmücket haben,
sich ausgeschmücket haben.

Heiner liefen die Tränen herunter. Er nahm die Hand seiner Mutter, die jetzt sagte: »Das ist gut, Borghild. Endlich bist du frei.«

Heiner hielt ihre Hand, bis ihr Herz aufgehört hatte zu schlagen. Ihre Augen waren geschlossen, ihr Gesichtsausdruck gütig. Sie lächelte. Er konnte seinen Blick gar nicht mehr von ihr abwenden. Irgendwann merkte er, dass sich etwas veränderte. Es war der Himmel, der wieder etwas Licht durchließ. Er ging in den Vorgarten und stellte fest, dass über den Bergen das Schwarz einem Gelblich-Braun gewichen war. Die Wolken verzogen sich. Bald würde sich die Sonne wieder ihren Weg bahnen. Borghild und die anderen waren verschwunden. Er wusste, wo sie jetzt waren. Sie würden nicht zurückkehren.

Lilly, Gretel und Amadeus traten auf den Balkon und staunten. Es hatte nicht angefangen zu stürmen, zu donnern oder zu hageln. Links über dem Kranichsberg sah man gelb-goldene Wolken, und rechts über dem Bielstein kam sogar schon wieder etwas Blau zum Vorschein. So schnell, wie die Bedrohung gekommen war, beruhigte sich die Natur wieder. Lilly ging ins Wohnzimmer, weil ihr Telefon klingelte. Als sie wieder auf den Balkon trat, sagte sie: »Regine ist von uns gegangen. Heiner sagt, sie sei singend gestorben.«

Amadeus und Gretel waren tief betroffen von dieser Nachricht. Gretel sagte, sie würde ihre Abreise auf morgen verschieben, um später zusammen mit Lilly Heiner zu besuchen. Sie hatten zwar in dieser kurzen Zeit keine besondere Beziehung zu ihm aufgebaut, aber er sollte jetzt nicht allein sein.

Lilly sagte: »Bitte gebt mir ein paar Minuten der Besinnung.«

Sie ging in den Garten und erklomm über die vielen Stufen ganz langsam den höchsten Punkt, schaute auf die bewaldeten Berge ringsherum, die nun von den

Sonnenstrahlen, die ihren Weg durch die Wolken gefunden hatten, in ein herrliches Licht getaucht wurden. Links unter ihr sah sie das Haus, in dem Regine aufgewachsen war. Dahinter, über dem Kranichsberg, war ein wunderschöner Regenbogen zu sehen, das Symbol der Verbundenheit zwischen Gott und den Menschen.

Lilly merkte, dass ihre Augen feucht wurden und sagte: »Du bist den Weg des Lichts gegangen, Regine. Wie ich dich kenne, hast du Borghild mitgenommen. Es war schön, dass sich unsere Wege gekreuzt haben. Ich bin dankbar, dass ich dir begegnen durfte.«

KAPITEL 24

Es gibt alte Häuser, die Geschichten erzählen. Man muss nur hinhören. Wenn ich heute an diesem Haus vorbeigehe, habe ich ein gutes Gefühl. Ich freue mich darüber, wie schön es in Ordnung gehalten wurde und erinnere mich an die gute Zeit, die ich dort verleben durfte. Das Böse, was dort auch geschah, scheint völlig gebannt. Und das Böse, das auf das ganze Städtchen übergegriffen hatte, ist nahezu vergessen und von vielen wohl gar nicht zur Kenntnis genommen worden. Das Leben geht ja weiter. Und es geschehen neue Dinge, gute und schlechte. Und manchmal, so scheint es, stirbt das Erlebte nicht einfach mit einem Menschen, wenn er von dieser Welt geht. Man spricht ja davon, dass ein Mensch seinen Frieden machen und loslassen muss. Geschieht dies nicht, dann können einem diese seltsamen Phänomene begegnen, die sich hier zugetragen haben.

DIESES BUCH

ist entstanden, weil ich durch den Erfolg meiner anderen elf Bücher, die in den letzten Jahren erschienen sind, dazu ermutigt wurde. Es ist aber vor allem der Zuspruch der Leserschaft, der mich antreibt, mich vor ein leeres Blatt oder einen leeren Bildschirm zu setzen, um eine neue Geschichte zu erzählen. Die in diesem Buch veröffentlichte Geschichte war schon längst überfällig. Sie spielt am Ort, ja sogar im Haus meiner Kindheit und hat daher viel mit mir selbst zu tun. Über meine eigenen Erfahrungen mit Geistern werde ich hier aber nichts erzählen. Stattdessen möchte ich mich bei den vielen Lesern bedanken, die jedes neue Buch mit Spannung erwarten. Ein großes Dankeschön geht an die Buchhändlerinnen und Bibliothekarinnen (und natürlich auch an die wenigen männlichen Exemplare dieser Spezies), die meine Bücher empfehlen. Ich danke den großartigen Lektorinnen Claudia Junger und Carmen Weinand für ihre Arbeit und meinem Sohn Sascha Exner für Satz und Produktionsleitung. Meiner Frau Ursula danke ich für das Lesen des Manuskripts und letzte Korrekturen. Und ich bedanke mich bei Willi Rautmann, der die Berge erklommen hat, um für mich Fotos des Städtchens Lautenthal zu machen. So stammt auch das in diesem Buch gezeigte Bild von ihm.

DER AUTOR

Viele der Krimis des gebürtigen Lautenthalers Helmut Exner (Jahrgang 1953) spielen im Harz und bedienen sich der derben Sprache der Region und skurriler Charaktere. Lilly Höschen, das alte Fräulein, ist dabei zur beliebten Serienfigur geworden. Es ist die Mischung von Spannung, Wortwitz und dem Hang zum Schrägen, die die Originalität dieser Bücher ausmacht und sein Schreiben charakterisiert.

Der Autor ist im Internet erreichbar unter:

www.facebook.com/HelmutExnerAutor
www.helmutexner.de

WEITERE HARZKRIMIS

Walpurgismord

Ein leicht *schräger* Krimi
aus dem idyllischen Harz

224 Seiten
4. Aufl. 02/2014
Taschenbuch, € 8,95
ISBN 978-3-936318-91-3
auch als eBook erhältlich

Am Walpurgistag verschwinden die Eltern von Amadeus Besserdich im Hochmoor des Harzes. Zwanzig Jahre später geschehen merkwürdige Verbrechen, die den Schluss nahelegen, dass Amadeus´ Vater, der Totgeglaubte, seine Finger im Spiel hat. Wieder ist Walpurgistag, und wieder geschieht etwas Schreckliches. Amadeus und seine schrullige Großtante Lilly haben nur Zeit bis Mitternacht. Dann muss der Fall gelöst sein, oder ein weiterer Mensch stirbt.

»Endlich mal wieder ein toller, gut lesbarer Regionalkrimi mit Witz und extrem viel Spannung!«

– Carola Nümann, KrimiKiste –

Sauschlägers Paradies

Ein ziemlich *schräger* Kriminalfall
aus dem romantischen Harz

176 Seiten
2. Aufl. 09/2012
Taschenbuch, € 8,95
ISBN 978-3-936318-92-0
auch als eBook erhältlich

»Helmut Exner schreibt richtig gut, ich bin längst Fan von ihm. Fazit: Diese Krimireihe ist Kult und steckt voller Humor. Nicht nur für "Harzer" ein richtiges Vergnügen.«
– Claudia Junger, Krimi & Co. –

Die Segeberg-Connection, die Lübecker Marzipanleiche und der Harzer Roller

151 Seiten
2. Aufl. 10/2015
Taschenbuch, € 8,95
ISBN 978-3-936318-97-5
auch als eBook erhältlich

»Ein toller Krimi mit viel Witz, skurrilen Charakteren und ganz viel Marzipan der anderen Art.«
– Chloé Cingöz, KrimiKiosk –

Lilly Höschen und ihr Gespür für Mord

156 Seiten
1. Aufl. 09/2012
Taschenbuch, € 8,95
ISBN 978-3-943403-17-6
auch als eBook erhältlich

»Humorvoll, gut geschrieben, top! Wer kurze Krimi-Stories mit einem Touch Humor mag, der liegt mit diesem Buch vollkommen richtig.«
– *Gabriele Möbius, Krimizeitschrift.de* –

Mörderische Harzreise

164 Seiten
1. Aufl. 04/2013
Taschenbuch, € 8,95
ISBN 978-3-943403-28-2
auch als eBook erhältlich

»Spannend, unterhaltsam und mit viel Wortwitz. Absolute Leseempfehlung!«
– Claudia Junger, Krimi & Co. –

Die Toten von Silbernaal

Ein Kriminalroman aus den dunklen Zeiten des Harzes

171 Seiten
1. Aufl. 11/2012
Taschenbuch, € 8,95
ISBN 978-3-943403-20-6
auch als eBook erhältlich

Silbernaal, eine alte Grubensiedlung im Harz: Über Jahrhunderte arbeiteten die Menschen hier im Erzbergbau. Das dunkelste Kapitel in ihrer Geschichte erlebte die Gegend während der Nazizeit durch die Ausbeutung von Zwangsarbeitern zur Aufrechterhaltung der Kriegswirtschaft. Vor fast siebzig Jahren wurde hier für einen vergrabenen Schatz schon einmal gemordet. Das Verbrechen konnte nie aufgeklärt werden. Dann wiederholt es sich. Um es zu lösen, muss Kommissar Schneider tief in die Vergangenheit eintauchen.

»Helmut Exner erzählt „mit leichter Hand" existentielle Schicksale. Er lässt die Leute in ihrer Zeit denken und handeln, glaubhaft handeln, ohne dem Ganzen eine „saure Moralität" aus heutiger Sicht überzustülpen. Ein spannendes und lehrreiches Buch, das von mir 5 Sterne von 5 möglichen erhält, eine mehr als verdiente Bewertung!«

– Jörg Völker, KrimiKiosk –

Lilly fährt mit dem Zeppelin zum Mond

130 Seiten
1. Aufl. 09/2013
Taschenbuch, € 8,95
ISBN 978-3-943403-31-2
auch als eBook erhältlich

»Wieder ein locker geschriebener, spannender, unblutiger und sehr amüsanter Krimi in der abgeschiedenen Umgebung des Oberharzes.«
– Unser Harz, Ausgabe 12/2013 –

Familientreffen mit Leiche

192 Seiten
1. Aufl. 02/2014
Taschenbuch, € 8,95
ISBN 978-3-943403-34-3
auch als eBook erhältlich

»Kurzweilige Unterhaltung mit viel Humor, die mich immer wieder herzhaft lachen lässt.«
– Beate Döring, buchplaudereien.de –

Alfies Bestattungsladen

Eine bitterböse Krimikomödie
aus dem Harz

192 Seiten
1. Aufl. 07/2014
Taschenbuch, € 8,95
ISBN 978-3-943403-37-4
auch als eBook erhältlich

»Alles in allem wieder einmal ein flüssiges und mit sehr lebendigen und eigenen Persönlichkeiten versehenes Lesevergnügen.«
– Michael Lehmann-Pape, rezensions-seite.de –

MordsErbe

Ein todernst-heiterer Krimi
aus dem Harz

240 Seiten
1. Aufl. 03/2015
Taschenbuch, € 8,95
ISBN 978-3-943403-48-0
auch als eBook erhältlich

» Der Autor schreibt flüssig, gut und sehr kurzweilig. Es ist ihm geglückt, seiner Reihe um Lilly Höschen und ihre Mitstreiter einen weiteren lesenswerten Kriminalroman hinzuzufügen.«
– Jörg Völker, KrimiKiosk –

Andrea ILLGEN schreibt

Wolkenreich im Harz

Stollenfahrt

oder die Suche nach der Liebe und anderen verschollenen Schätzen

250 Seiten
1. Aufl. 02/2015
Taschenbuch, € 8,95
ISBN 978-3-943403-43-5
auch als eBook erhältlich

Teufel und Skorpion

224 Seiten
1. Aufl. 11/2015
Taschenbuch, € 8,95
ISBN 978-3-943403-52-7
auch als eBook erhältlich

Mit viel Sinn für komische Situationen erzählt die Autorin spannende Geschichten rund um die schlagfertige Fünfzigerin Friederike und ihre skurrilen Freunde. Dabei nimmt sie ihre Leser mit auf eine abenteuerliche Reise durch die Wälder und Berge des Harzes.